臭鼬和獾的故事 1

# 褐砂石屋的新房客

## SKUNK and BADGER

## AMY TIMBERLAKE　pictures by Jon Klassen

艾米·汀柏蕾 著　　雍·卡拉森 繪　　趙永芬 譯

本書獻給菲爾

# 目次

# 我們都是玀和臭鼬

張子樟

（台東大學兒童文學研究所兼任教授）

一

這是一本可愛、美麗、溫暖人心、插圖精美的故事，講述了兩個不太可能的角色發現善良意味著什麼。一本適合孩子們閱讀和討論的完美故事，它的主題和句子結構令人愉悅——接受和愛的主題更適用於所有年齡層。

主角玀是一個快樂的人，他住在阿姨的褐砂石屋裡做重要的岩石工作。臭鼬出現後，改變他認為自己在久經考驗、真實（但似乎很孤獨）的生活中

所知道的東西時，他的世界就轉向了。他們完全相反，獾脾氣暴躁，學會與活潑的臭鼬生活在一起，慢慢變得越來越溫和，並開始看到他們長期以來一直不知道的世界的快樂。兩者的性格發展令人窩心。

在整個故事中，我們看到獾判斷得很快。他慢慢的得知，「不同」並不等於壞，它只是和他所知道的不同。他逐漸學會接受他人、改變、關懷、分享，以及如何建立友誼。這一切並不都是順利的，整件事情確實在中間出錯了，然而貫穿始終的幽默有助於讓孩子們保持輕鬆。同時，作者巧妙的抓住了接受差異、偏見、孤立等主題。臭鼬和獾的友誼發展方式令人信服，兩者透過互動，了解如何適應新的環境和人。它同時傳達了：不要根據膚淺的特徵來評判別人；接受和設身處地為別人的描述情節是所有孩子都應該學習的。此外，將莎士比亞作品

納入內容，為此書加分。

## 二

　　就橋梁書而言，這個故事足夠簡單，但它意義非凡。獾和臭鼬必須道歉和解釋，努力做得更好，並學習如何相處。這本書中有很多關於人際關係和友誼的積極資訊，但它沒有說教。它與故事完美契合。細讀之後，不難體會作者如何用心以動物比喻人類。

　　故事同時告訴我們：忽視良心的推動和恢復習慣很容易，但如果你想改變，你必須採取行動，即使這很不舒服。故事邀請我們審視自己是誰，以及他人如何看待我們，同時要求我們反思和考慮他人的想法和感受。它還巧妙而有見地的展示了人和人之間的相異之處，甚至是衝突的個性和生活方式如何不同，但仍然可以和諧的生活在一起。

全書以完全誇張和富有表現力到近乎心理的水準來敘述，但以最好的方式呈現。人物複雜，具有特質、獨特和蜿蜒的故事情節，但仍然以道德為基礎）。另外，詞彙量先進且有創意，但適讀年齡老幼皆宜，這方面和故事都吸引了成人的注意力。

這本書看似簡單——對八歲及以上的人來說相對容易閱讀——但包含了大量的智慧，年輕人和年長的讀者都可以收集到這些智慧。這個故事包含了合作、溝通、友誼和文明方面的甜蜜而及時的教訓——所有這些都以溫柔、滑稽的方式分享給讀者。

值得一提的是，凱迪克金牌獎插畫家雍・卡拉森的插圖是文字的絕佳補充。他的插圖本身溫暖迷人，有時需與周圍頁面上描述的事件稍加聯想。它有過去時代的書的感覺，但對現代有敏感，也有復古的感覺，簡單但引人注目。整本書中的彩色封

面和內頁渲染，對耐心的讀者來說，非常迷人和有價值。整體來說，插圖充滿了魅力，與寫作和故事本身完美匹配。

三

已經過世的美國閱讀專家露伊絲・羅森布萊特（Louise Rosenblatt）曾舉出閱讀的三種功能：提供樂趣、增進了解與獲得訊息和意義。如果這本書經過歲月的嚴格洗禮後，的確深具這三種功能，它就能和經典名著《柳林中的風聲》與《青蛙和蟾蜍》相提並論。

# 一個人很好，兩個人更棒

許慧貞

（花蓮縣閱讀推動教師）

　　一直以來，自許為「岩石科學家」的獾最喜歡一個人待在石頭房間，進行他重要的岩石研究，即使餐餐吃著「冷碗中泡著冷牛奶的冷麥片」，也不以為意。因為獾的嚴謹和使命感，他獲得了魯拉阿姨的溫暖協助，得以安身在她的褐砂石屋。

　　而那位熱情活潑又感性的臭鼬，也在魯拉阿姨的照應下，成為獾的室友。臭鼬會張羅一頓熱騰騰的美味早餐，並以燭光點綴餐桌，邀請獾共享；會布置月亮房間，讓月光從窗子流瀉而入；會和獾分

享故事並關心他那些「難纏的石頭」的研究進度。

雖然，臭鼬的加入帶給獾許多意想不到的溫暖與驚喜，但臭鼬的自在隨興也讓理性自持的獾覺得備受打擾，像是：臭鼬做菜時總是把鍋盤敲得叮噹響、走路時總是蹦蹦跳跳還會吹口哨、特別是從拉門縫隙探出頭來，簡直要嚇死人！如此個性迥異的兩人，要生活在同一個屋簷下，可確實是一門大學問！而這門學問，也正是校園中的小小社會新鮮人需要面對的功課。

作者艾米・汀柏蕾試著透過臭鼬與獾之間的相處，來探討友誼與歧異的問題，汀柏蕾以幽默風趣的寫作風格，生動而戲劇化的將一幕幕活靈活現的故事場景，呈現在讀者眼前。像那顆一直掛在獾心上、被臭鼬遺忘在角落的「火箭馬鈴薯」，獾每看它一眼、就在心底抱怨一回，讓讀者恨不得直接跳進故事幫忙丟進垃圾桶。這正是校園中成天上映的

小劇場，大人覺得隨手幫忙撿拾起垃圾，沒什麼大不了的；但小孩就是非常在意：那不是我丟的！

我們都明白斤斤計較，並無法解決問題，反而會讓自己心底更不舒服。只是，說來容易，但要做到總是得透過一次次的經驗，學習再學習。小孩們的友情世界，常是大人難以插手和介入的部分，還好臭鼬與獾之間的恩怨情仇，正可以給我們提供一些議題的討論空間，透過共讀與對話，為孩子搭起一座通往友誼之門的橋樑。

人類是群聚的動物，並非孤鳥，雕塑個性確有其必要。在與他人磨合的過程中，難免遭遇挫敗，有時，單憑樂觀的心態和個人勇氣仍不足以完成種種生命課題。因此，我們還得學習以誠懇自省的態度來面對種種挫折，危機就是轉機，正如獾在認知自己對臭鼬的傷害之後，真誠的踏上追尋懺悔旅程，才有機會重新修補友誼，並肩觀賞「比煙火更

好看」的傍晚霞光，從中成長蛻變。

　　至於那顆貫穿全場、也讓我一直掛在心上的「火箭馬鈴薯」，在作者的巧思下，有了一個相當可愛的歸宿，趕快翻開書頁去看看吧！

# 褐砂石屋的新房客
## SKUNK and BADGER

# 第一章

　　第一次見到臭鼬的時候，貛（音：歡）心裡想著：「好個微不足道的小傢伙。」隨即關上大門。

　　貛通常不會給敲門的動物吃閉門羹，但是這隻動物身上的條紋太過光滑，尾巴又太過蓬鬆，而且他那齜牙咧嘴的笑容和爪子伸出來的德性，感覺像是從很久以前就一直盼望能跟貛見面似的。

　　貛很清楚這是怎麼一回事。在那傢伙打任何主意之前，他就率先把門關上。「我、什、麼、也、不、買。」他對著鑰匙孔說。

不過敲門聲並沒有因此停止，於是獾又補上一句：「休想！」

然後他拉上一道門閂。

再扣上雙層閂鎖。

最後掛上鎖鏈。

石英岩！獾在走回石頭房間時，精神奕奕的想著。

魯拉阿姨的褐砂石屋原本沒有石頭房間，不過獾做了一番改造。他拖出沙發和幾把舒適的椅子，把書籍和各種桌遊裝進紙箱，接著封掉壁爐，才把他的石頭桌和石凳推進去對準工作檯燈。他在壁爐上方懸掛了石鎚和鋸子，他的石頭研磨拋光機剛好可以放在靠窗的座位上。書架是擺放一盒盒岩石與礦石的好地方，他用棉紙包裹最精緻易碎的樣本，再按照字母順序把它們擺上去。至於壁爐裡，獾用礦物晶洞堆成了一座金字塔，看起來多富有藝術氣

息啊！最後，玀推開拉門，整理出一條能到廚房捧著滿懷乾麥片走出來的通道，這才宣布他的石頭房間大功告成。

現在，玀把石凳拉到石頭桌前，調整了一下檯燈，然後一爪拿起放大鏡，一爪拿起石英岩。

叩、叩，叩、叩、叩。

敲門聲來自大門。玀停下手邊的動作，心想，「一定又是那個傢伙。」

玀放下放大鏡和石英岩，翻開行事曆確認。今天沒有約會，沒有修理東西的預約，所以不會有動物上門，而且羊圈裡的綿羊要到星期六才會去草地上吃草。事實上，行事曆中標示今天日期的方框裡只有一個X，而X的意思就是「重要的岩石研究」。

當然，這棟褐砂石屋是魯拉阿姨的，她隨時都可能會順道來拜訪。但是她不會敲門，因為魯拉阿姨有房子的鑰匙。

獾記得魯拉阿姨當初是如何幫助自己的。三年前，獾是個沒有穩定工作、也沒有住所可以安身的岩石科學家。這個情況不斷惡化，直到有一天，魯拉阿姨建議獾住到她的褐砂石屋。

「你可以一直住到情況好轉為止。」魯拉阿姨是一隻松貂，說起話來總是快得似乎不用喘氣。

魯拉阿姨免費讓獾住在她的褐砂石屋裡。「我們都是一家人嘛，你是我侄子！」

當時的獾心裡想著：「科學研究基金！一個長期住所！免費的時間與空間！」

總而言之，魯拉阿姨幾乎從來沒有造訪這裡，不過她會寫信。這時一個畫面閃進獾的腦海，是臥室書桌上的郵筒。郵筒裡有兩封尚未拆開的信，是魯拉阿姨寄來的，也可能是三封吧。

「得讀一讀那些信了。」獾想。

叩、叩、叩、叩。

獲皺起眉頭，那傢伙該不會一直敲個不停吧？

叩、叩、叩。

獲決定不理會敲門聲。那傢伙最後勢必得離開。他旋轉石英岩，將放大鏡懸在一塊頗有希望的結晶體上方，然後俯身細看。

「獲？」鑰匙孔傳來一個聲音。

獲僵住了。

「獲？你在屋裡嗎？」那個聲音又來了。

獲的石英岩掉在地上摔破了。

「完蛋了！真是亂七八糟！」

「獲？」

叩、叩、叩。

獲目不轉睛的盯著石英岩的碎片，接著往大門的方向瞥一眼，然後擱下放大鏡站起來，走向石頭研磨拋光機。他把開關扳到「開」的位置，機器裡的水便攪動起來。機器裡的砂礫被磨碎，石頭發出

喊嚓、喊嚓、喊嚓的聲響，在研磨拋光機呃呃呃啊啊啊啊的翻轉時，馬達也隨之發出哀鳴，就這樣，機器一次又一次的發出呃呃呃啊啊啊啊的聲響。

獾嘆了一口氣垂下肩膀，掃起碎裂的石英岩，然後另選一塊石頭。他在石頭桌前坐下，拿起放大鏡放到那塊石頭上方。

當他察覺身後的窗戶有動靜時，他告訴自己：專心。

專心一秒鐘、兩秒鐘、三秒鐘以後，獾想到了一件事。他怎麼會知道我的名字？信箱上的名牌是「松貂魯拉」。

緊跟著，獾又閃過了另一個想法：如果他是重要人物怎麼辦？

獾拔腿跑過屋子的走廊，挑起閂鎖，解開鎖鏈，然後打開了門。

但是門外一個人也沒有。

「哈囉？有人在嗎？」獾喊道。

門外有一隻鳥在唱歌，微風習習吹來，空氣中瀰漫著蜂蜜的味道。

他向外跨出一步，站在門前的臺階上。信箱和花盆是空的，也沒看見門上釘了任何東西。獾皺起眉頭，心想，「如果是重要的人，就會留下字條。」

一隻有著灰白斑點的雞，停在下方的人行道上。他打量著獾——先用左眼，然後是右眼。

有隻雞在北推斯特？獾從來沒在這個地方看過雞。

「波克波克。」那隻雞說。他伸直脖子站著，左右兩隻眼睛輪流看著獾。

獾有一種非常奇怪的感覺，好像他應該對那隻雞說點什麼？

「波克？」雞說。

「去去去！」看到那隻雞站著不動，獾用兩隻

爪掌一陣亂揮。「快走吧，去！」

「波克！」雞拍拍翅膀離開的時候，經過一個用麻繩捆牢的紅色手提箱，而且那個手提箱就在獾門前的臺階底下。

獾呻吟了一聲。「我要趕快進屋！」

不料那傢伙剛巧拐過轉角，一把拎起手提箱便衝上臺階。獾還來不及反應，爪掌就被眼前的傢伙握著一陣劇烈搖晃。

「獾，我是臭鼬（音：幼）！我聽了許多關於你的事，現在能見你一面，實在是太好了！」臭鼬的笑容如此燦爛，爪掌又握得如此有力，獾的內心不由得暖和起來。

「喔。」獾紅著臉說。

就在那一瞬間，臭鼬擠過獾的身邊，走進褐砂石屋。

「就那樣！」獾心想。

當他關上大門時，玀知道自己是擋不住臭鼬的行動計畫了。那個紅色手提箱一定會「啪答」一聲打開，展示某個保證可以改變一切的東西。接下來，就是喋喋不休的強力推銷，以及簡單的付款方案。「一個真正能改變人生的東西！」臭鼬肯定會這麼告訴自己，然後說得沒完沒了。

　　玀發現臭鼬在自己的石頭房間裡。「我的石頭房間！」臭鼬在房間裡仔細的瞧了又瞧，還戳了一下壁爐內的那堆晶洞。

　　「你的屋子很棒，真是個好廚房。」臭鼬讚賞的點了點頭，用右爪抓起玀的一把石鎚快速旋轉著。

　　玀拿走石鎚。「石鎚不是玩具。」

　　臭鼬搖著頭說：「當然不是！不過拿它來搗碎馬鈴薯挺不錯的。」

　　玀故意鄭重其事的把石槌放回原處，同時注意

27

到那個用麻繩捆綁的紅色手提箱放在房間正中央。
玀意有所指的瞅著它。

　　臭鼬循著玀的目光瞥向紅色手提箱，再將視線
移回玀的身上，並且給他一個大大的微笑。「我在
這裡了！」

　　「是的。」玀說。

　　對話停頓了。

　　緊接著又是一陣停頓。

　　臭鼬指著石頭研磨拋光機說：「我關掉了它的
開關。那個機器很吵，聽起來好像是在抖動石頭。
哈！」

　　「那是一臺石頭研磨拋光機，」玀說：「它在拋
光石頭。」

　　「喔，」臭鼬說：「可以給我看一顆拋光的石頭
嗎？」

　　「不行。」

「喔。」臭鼬眨了眨眼睛，然後嘆了口氣坐下。

「居然坐在我的石凳上！」獾心想，然後看著臭鼬坐在他的石凳上。

臭鼬不甘示弱的看回去，然後用一隻爪子托著下巴，在石凳上微微來回扭動。

「嗯哼。」獾說。

臭鼬抬頭看了一眼。

獾故意盯著臭鼬的手提箱。

臭鼬也看著手提箱，皺起眉頭對獾說：「這是一把好凳子，它會旋轉。你一定很喜歡旋轉吧，我也喜歡。你看！」臭鼬緊緊抓住凳子的兩側，雙腳一踢，凳子便轉了起來。

「馬上給我停下來！」獾說。

臭鼬立刻停了下來。

但是他不發一語！

獾開始來回踱步。「聽著，改善我的生活不用

十個步驟，我早就把時間安排好了。我不花錢買抽獎券也不買樂透彩，我的襪子更沒有破洞。我不相信Ｘ光眼鏡或香菇粉，對假鑽戒毫不心動，不需要攪拌機，當然也用不到鞋拔。除非你有足夠的資金，贊助一個岩石科學家做重要的岩石研究──但我必須說，我一直努力不懈、孜孜不倦的在做這方面的工作，而且比一團口香糖更堅毅不拔──你無法提供我任何東西。我沒興趣，不必了，謝謝，」獾停在臭鼬面前，「我們現在是不是可以繼續過我們的日子了？」他往門的方向移動。

臭鼬坐了起來。「給你的鞋子買個號角？號角鞋拔聽起來很有必要。」

獾笑了。「哈！那倒是真的，說得好，號角鞋拔！」

說完，獾發覺自己分心了。他交叉雙臂說：「少跟我搞鬼了。你那個手提箱裡有石頭嗎？有石

頭的話我才感興趣。」

臭鼬看了他一眼說：「我的手提箱裡為什麼會有石頭？人人都知道石頭很重，」臭鼬環視整個房間，「你的確很喜歡石頭，這間房裡有好多顆。」

玀氣急敗壞的說：「手提箱裡到底裝了什麼？」

臭鼬眨了眨眼。「裝了我的故事書、一個雞哨子、一套睡衣褲，」接著他咧嘴笑著說：「我懂了！是不是有祕密暗號？魯拉阿姨忘記告訴我祕密暗號是什麼了。」

玀一時雙腳沒站穩。「魯拉阿姨？」

「是啊，魯拉阿姨說你會給我一個房間和一把鑰匙，」臭鼬跳下石凳，「我是你的新室友！」說完，臭鼬歪了歪腦袋。「你以為我是挨家挨戶推銷的臭鼬嗎？好滑稽。哈！」

「哈哈！」玀客氣的笑了，心中卻亂成一團。室友？不，不可能會有這種事！魯拉阿姨應該會事

先告訴他才對啊。

　　獾再次想起魯拉阿姨寄來的那兩封或三封未讀的信，還在郵筒裡躺著。

　　後來，獾讀過的一個資訊浮現在腦海中。他對臭鼬咯咯笑了兩聲，接著搖了搖頭。「魯拉阿姨？阿姨？你是臭鼬，我是獾，我們才不是一家人，這件事在科學上已經得到證明了！」

　　臭鼬笑著說：「我知道！可是魯拉阿姨硬要我叫她『阿姨』，我想我還是遵命照辦比較好。你跟魯拉阿姨爭論有贏過嗎？松貂講話總是那麼快，」臭鼬聳著肩膀又補了一句，「而且魯拉阿姨確實認識我媽。」

　　獾脫口說：「難道你沒有自己的家？」

　　臭鼬縮起身體並且退後一步。

　　「嗯？」獾聽見自己這麼說。

　　臭鼬瞅著獾，用一隻爪掌撫過身上的條紋。

「我是有過一個家。」他說。

獾挑起一道眉毛。

臭鼬移開視線，不經意的撥弄自己的尾巴，接著就洩了氣。他和獾四目相望，然後低聲說：「不是每個人都想跟臭鼬同住。」

臭鼬小聲說完這句話以後，立刻挺直身體。他一個跳躍，一把抓起放在地上的紅色手提箱。「對不起，這實在是太──太──太難為情了。魯拉阿姨說她已經寫信告訴你了，說不定是她忘記了？我不想假設她是忘記了，但或許她真的忘了？松貂做任何事情的動作都很快，有時候我真納悶他們怎麼記得去做自己答應要做的事，尤其是當他們講話那麼快的時候。魯拉阿姨當時是這麼說的：『臭鼬你得跟獾一起住在我在北推斯特的褐砂屋裡，你會喜歡他的，你們會成為很好很好很好很好很好的朋友，我馬上寫信給他！』」

獾不得不承認，這話聽起來很像是魯拉阿姨會講的。

而且——他還沒讀那些信。

而且——褐砂石屋屬於魯拉阿姨。

因此——他一點辦法也沒有。

臭鼬正朝著大門走去。「我會在別的地方找到住處。你不曉得我要來。」

獾跑到臭鼬前面，說了他必須要說的話：「哦，那隻臭鼬說的就是你啊！請進、請進，見到你真是太好了！」

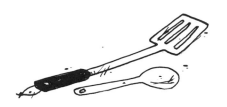

# 第二章

　　「把自己當作我特別的貴客吧！」玁一爪奪走
臭鼬抓著的紅色手提箱，另一爪緊緊握住了臭鼬的
手肘。他將臭鼬從大門前帶開。

　　「就、在、這、裡！」玁停在走廊盡頭。他誇
張的敞開手臂指向一扇折疊門。他放下手提箱，拉
開折疊門，然後拉扯一條鏈子。

　　燈泡閃了兩下便亮了。

　　「請看！這是特別的貴客衣櫥！裡面甚至有個
存放東西的地方。」玁輕拍上面的層架。

臭鼬瞇起眼睛往衣櫥裡看，瞧見了行李架、T恤、寢具，和球狀運動襪枕頭。

　　燈泡嗡嗡作響。

　　「喔，」臭鼬終於開口說話了。他頓了頓，指向樓梯，「上面沒有房間嗎？在二樓？魯拉阿姨告訴我……」

　　「絕對不可以！」獾打斷他的話，跳到走廊中央，「我不能……不願意這麼對你。你是特別的貴客，應該暫住在特別的貴客衣櫥。」

　　臭鼬身體前傾，仰望樓梯。他抬頭看著獾，接著瞥了一眼衣櫥，再瞧瞧他的手提箱。最後，他聳了聳肩說：「好吧。」

　　「很好。」獾說。

　　臭鼬搓了搓爪掌。「事情解決了。現在請告訴我附近的雞都在哪裡聚集，我想認識認識他們。」臭鼬停頓了一下再次補充，「我也需要這棟褐砂石

屋的鑰匙。雞沒有時間概念，我就認識幾隻睡得很晚的雞，我可不希望深夜進屋時把你吵醒。」

「雞？這附近沒有雞。」玀這麼說完，才記起自己在門前臺階上見到的那隻雞。

「哈！」臭鼬笑著說：「你真滑稽！連我都知道附近有很多雞。我才剛到這裡，就已經見到三隻奧平頓雞和一隻來亨雞了。」

臭鼬拿起他的紅色手提箱，把它放到行李架上。

結果那張行李架倒了，燈也滅了。

「拿出箱子裡的東西讓自己舒服點！我去找備份鑰匙！」玀衝上樓梯時扭頭大喊。

———◦※◦———

沒花多久工夫，玀就找到備份鑰匙了。他把鑰匙交給臭鼬，便跑回樓上自己的房間。「快看郵

筒！馬上！」

獾在郵筒裡找到魯拉阿姨寄來的四封信。「居然有四封！」

第一封信說的都是這個、那個，還有其他的事。獾把它扔進垃圾桶。第二封信大多都在絮絮叨叨些有的沒的，然後出現了「臭鼬」這兩個字。獾大吸一口氣，倒回去把剛才快速瀏覽的句子重讀一遍。魯拉阿姨見過臭鼬，她和臭鼬的媽媽一直是「很要好的朋友」。

獾撕開第三個信封，抖出信紙，然後讀信，讀信，讀信。第三封信從頭到尾一共寫了五張信紙，全都在東拉西扯臭鼬和臭鼬媽媽的事。信的結尾是：「你覺得讓臭鼬搬到褐砂石屋住好不好？我相信你會喜歡他的！請盡快回信。」

他開始喃喃自語：「沒有回信，當然沒有回信。我做了什麼？」

獾沮喪到把第四封信撕成兩半。等他把撕成兩半的信黏回去後，他開始閱讀內容：

親愛的獾：

　　我讓臭鼬去褐砂石屋找你了。請歡迎他！他很討人喜歡！

　　就像我對待你的方式一樣，我也允許臭鼬在我的褐砂石屋裡想住多久就住多久。讓他住一間二樓的大房間，也給他一把鑰匙，這樣他才可以來去自如。他將會是個很棒的室友！

　　希望這番安排不會令你感到震驚。我在上一封信中詢問過你的想法，但是沒有得到回音。我在等你回覆，但臭鼬的居住狀況極不穩定，因此我就把你的沒反應當作是同意了。我猜你正忙著做重要的岩石研究吧！

　　一想到你和臭鼬住在一起，我就忍不住微

笑。期待聽到你們冒險的消息！

擁抱！

魯拉阿姨

室友？二樓的房間？想住多久就住多久？貛呻吟一聲，肚皮朝下的撲倒在床上。

他翻身盯著天花板，思考「就像她對待我的方式一樣」？他用爪掌抓緊被褥，接著又鬆開。貛轉頭注視掛在牆壁上的岩石科學家文憑和他的三條藍絲帶。貛是個需要資金贊助的岩石科學家，做的是重要的岩石研究！

這隻臭鼬能給這棟褐砂石屋帶來什麼？一個雞哨子？管它是什麼，貛才不上那個當。

再說，貛的行李箱會自動鎖上，根本不需要繩子綑綁。

「不是每個人都想跟臭鼬同住。」臭鼬這麼說

過。

　這話說對了。

━━◆◦◆◦◆━━

　那天傍晚，獾待在自己的房間。到了睡覺時間，他輾轉反側，茫然的凝視天花板。

　他終於想到了，自己只有一件事可做。獾滾下床，爬到衣櫥前拉出箱子，然後扳開栓鎖。「烏克麗麗。」獾低聲說。他把相思木琴身塞在手肘底下，深吸一口氣後撥動琴弦。

　「噗鈴鈴鈴。」烏克麗麗的琴音響起。

　獾嘆了一口氣。

　他又撥了另一根琴弦，「噗鈴鈴鈴。」他又嘆了一口氣。

　他一次掃過四根琴弦，「嗶……哩……賓！」

　琴音響起，獾急忙把爪掌捂在烏克麗麗的響孔

上。「噓！」他小聲的說。

不過，他又撥了一次最底下的一根琴弦，「噗鈴鈴鈴。」

獾把烏克麗麗輕輕放回盒子，喀拉喀拉的扣上栓鎖，再將琴盒推入衣櫥的深處。

獾爬上床時，噗鈴鈴鈴的琴聲縈繞在他的心頭。裹在音符聲中的獾，就這樣睡著了。

———— ✦ ————

隔天一大早，獾在香味中醒來。蛋、洋蔥，還有……

「肉桂。」獾嘟囔著。

「我在作夢。」獾想。他的廚房裡有一樣東西——而且只有一樣東西——在等著他：冷碗中泡著冷牛奶的冷麥片。又是吃那個。

他在床上翻了個身，深吸一口氣，然後嗅

聞⋯⋯這味道絕對是肉桂。

他想起來了。「是那個傢伙！那隻臭鼬！」獾的眼睛猛然睜開。

接著，他聞到了別的味道。著火了？

他再聞一遍。著火了！獾邊咳嗽邊跳下床。「失火了！失火了！」獾哇啦哇啦的叫著奔下樓梯。

臭鼬跑出廚房，把夾著甜椒的火鉗高舉在頭頂上。「哪裡失火了？」臭鼬快步跑到右邊查看，然後又溜到左邊，火鉗末端的甜椒拖著一條細細長長的煙。

臭鼬循著獾的目光望過去。「哈！」他用甜椒戳著空氣。「這個嗎？這不是失火，這是火烤甜椒，是早餐！」

「早餐？」獾說話的時候，臭鼬和甜椒早已消失在廚房了。

獾目瞪口呆的站在樓梯下。「我也有早餐可

吃？」他聽著廚房傳來的聲響：抽油煙機呼呼運轉。「這東西早該打開了。」貛聽見臭鼬這麼說。鍋碗瓢盆叮叮噹噹，還有什麼東西撞到別的東西滋滋作響。有個東西被抖了幾下，水龍頭打開又關上，臭鼬還吹了一段口哨。

貛周遭的空氣充滿濃郁的氣味：美味可口又香甜，帶著奶油、烤土司和炙燒的香味。如果他是一隻麝香貓，肯定會想在這些氣味中打滾，同時吶喊：「開心！開心！」但身為一隻貛，他只是踮起爪趾悄悄走到廚房，小心翼翼的偷看一眼。

貛在門口看得目不轉睛。廚房看來很舒服，甚至感覺很熱情好客。燭光閃爍的廚房餐桌上擺了兩個餐墊，束著餐巾環的布餐巾和刀叉沒有一樣是成套的。一塊布餐巾是紫色圓點花紋，另一塊則是格子圖案，而且那根燒得剩下一半的蠟燭，是插在滴滿燭淚的球狀瓶子裡。不過，貛看了倒是覺得挺高

興。

臭鼬跑到爐子前，再到流理臺，又返回爐子、水槽、餐桌，最後又回到爐子前。他看見獾站在門口，開口說：「請進請進，快進來啊！」臭鼬拿鍋鏟指著椅子的方向，「請坐，早餐就要上桌了。」臭鼬說完，使勁狠狠翻炒煎鍋裡的東西。

獾在餐桌前坐下。

停止翻炒後，臭鼬邁開大步走到獾的面前。他把兩隻爪子叉在腰上說：「我不是小母牛，你也不是小母牛。我不會用小母牛的食物侮辱你的味蕾。你見過小母牛嗎？連蝸牛都比他們會聊天。但是不必害怕，你一定會喜歡不含嬰兒牛奶的早餐熱巧克力。」

「早餐熱巧克力？」獾認為自己喝早餐熱巧克力毫無問題。他正想這麼說的時候，臭鼬已經穿過廚房來到流理臺前。他用大湯匙把某個東西丟進碗

裡，接著拿起那個碗搖一搖，結果一顆小馬鈴薯就這樣飛過廚房。

「火箭馬鈴薯發射！當心！」臭鼬嚷嚷道。

「哈哈哈！」獾笑了。他們眼神交會，兩人咧嘴笑著注視彼此。

之後臭鼬嚴肅的點了點頭。「待會兒我再撿起那顆火箭馬鈴薯。」只聽到「咚」的一聲，那個碗又回到流理臺上，臭鼬繼續做早餐。

幾分鐘後，臭鼬把一盤炒蛋和火烤甜椒放在獾的面前。

獾知道下一步該怎麼做，他叉起食物放進嘴裡。「噢⋯⋯嗯嗯嗯嗯。」

臭鼬抖開一塊布餐巾。「把這個塞在你的下巴底下。」

獾把餐巾塞在下巴下方，然後叉起更多炒蛋。「嗯嗯嗯嗯⋯⋯好吃。」

緊跟著，是臭鼬說的早餐熱巧克力。「好耶！」獾心想。還有一籃草莓肉桂英式瑪芬。「一籃耶！」獾開心不已。餐點統統上桌後，最後就是如手指般細長的烤馬鈴薯。臭鼬為最後上桌的馬鈴薯道歉。「我有時會搞錯上菜的順序，不過吃早餐我倒是不太在意，」臭鼬拿著自己那盤馬鈴薯在餐桌前坐下，「早餐是最美好的一餐。」他說。

　　獾同意得使勁點頭。

　　臭鼬繼續說：「早餐是最美好的一餐，可能的話，用餐時應該要點上蠟燭。不過有時候就沒辦法了，畢竟吃飯的地方不一定有蠟燭，或是有時候蠟燭短缺，大家都沒蠟燭可點，那就太可悲了，尤其是以早餐來說。」

　　「是啊……嗯。」獾說著，用一隻爪子遮掩滿嘴的食物。

　　臭鼬拍了拍爪掌。「我知道，我們兩個很像，

早餐是最好的一餐。

我們會成為很好的室友。」

話一說完，坐在餐桌兩端的臭鼬和玃，轉向自己面前的盤子吃了起來。

玃在吃第四個英式瑪芬，還是第五、第六個瑪芬時，才發覺周遭變得安靜無聲，就連蠟燭也熄了。

玃從盤子裡抬起頭來，發現臭鼬已經不在餐桌前的座位上。

他把廚房前後左右仔細看了一圈。臭鼬不在爐子前面，流理臺上亂七八糟的擺著碗盤、一塊切菜砧板、一些烹調用具和各種小玩意。煎鍋裡的某個東西滲漏到火爐上，完全沒人清理。

然後，玃腦海中閃過一顆小馬鈴薯飛越廚房的鮮明畫面。「火箭馬鈴薯發射！當心！」臭鼬是這麼說的。玃回頭看了一眼，看見了那顆馬鈴薯。火箭馬鈴薯小小的、黃黃的，而且占據了角落的位

置。玁不喜歡角落裡那顆馬鈴薯的模樣，哪怕它是
火箭馬鈴薯。

　　玁抓起籃子裡的一個瑪芬，訝異的發現它是最
後一個。他一共吃了多少瑪芬？玁咬下一口慢慢咀
嚼，發覺自己的咀嚼聲挺吵的。

火箭馬鈴薯

臭鼬到底上哪去了？

獾吞了吞口水，豎起耳朵傾聽。

直到這時，他才聽見一聲巨響，而且聲音來自二樓。

# 第三章

砰、砰。

臭鼬！玃把瑪芬塞進嘴裡囫圇吞下，然後一把推開廚房餐椅。

樓梯才爬到一半，他便聽見了撕扯的聲音。

「踩扁！踩扁！踩扁！」一個聲音傳了過來。

接下來是「砰、砰、砰」的聲響。

玃的腦海浮現一幅畫面。他衝過走廊，甩開房門。

我的盒子房間！這間房裡應該堆滿了盒子，堆

到天花板的盒子，每面牆壁堆的都是盒子，到處都是搖搖欲墜的盒子。當你踮起爪趾悄悄進出房間時，它們就會移動。以前無論需要什麼樣的盒子，總是可以在這裡找到。

再也沒有了。現在房裡只剩下一疊高高的鞋盒塔，其他盒子全被割開、踩扁、堆疊、推倒了。

「你在做什麼？」

臭鼬停止蹦跳，咧嘴對獾笑著說：「我在把盒子踩平！」

他抓起獾的爪掌，把他拉進房間。「這個房間太適合臭鼬居住了，」臭鼬指著靠窗的座位，「我可以整夜坐在那邊看月亮。沒有月亮的夜晚，我就給星座取名字。我很會給星座取名，我們應該挑一天晚上去健行，你說好嗎？」

獾點了點頭，但他只聽進去一半。他已經忘記這個房間堆滿盒子之前是什麼模樣了，他不記得那

張黃色床架，也不記得滿書櫃的書，還有一張綠色豆袋椅？

臭鼬飛快的轉過身，他張開雙臂，兩腳重踩一下地板才停下來。「今晚我就寫信給魯拉阿姨，跟她說我在二樓找到一個房間了。」

貛知道魯拉阿姨會說什麼：「太好了！臭鼬找到一個房間了！」

貛驚慌的說：「那盒子房間怎麼辦？你永遠說不準自己什麼時候會需要多大的盒子。」

臭鼬聽了愣了一下，轉身看著貛。「你在保存那些盒子嗎？真糟糕，我還以為你是沒時間清理這個房間，才不希望我住二樓。我想，『這些都只是盒子，我來把它們弄平，我來幫忙』。如果不及時處理，盒子會占掉太多空間，」他看著貛說：「對不起。」

「那間特別的貴客衣櫥怎麼辦？」貛迅速的說。

臭鼬張開嘴後閉上，接著又張開嘴說：「我沒辦法在特別的貴客衣櫥裡多待一晚。獾，那個衣櫥太小了，就算是給臭鼬住也嫌小。」臭鼬環顧四周已經攤平的盒子。「你需要這麼多盒子嗎？大概是為了裝石頭吧？我不知道石頭需要這麼多盒子。」

　　「石頭當然不需要這麼多盒子！」獾開始渾身發熱。

　　「好極了，」臭鼬搓了搓爪掌，「是回收的時候了！」臭鼬抱起一疊攤平的紙盒，把它們拿到獾的面前。

　　獾接過這堆紙盒。他還能怎麼樣？他已經讀過魯拉阿姨的來信了。

　　過了一會兒，臭鼬也抱著一疊攤平的紙盒出現在他身邊。臭鼬那疊紙盒上還有三個沒攤平的鞋盒，他嚴肅的看了獾一眼。「我會幫你另找一個盒子房間，我保證。」臭鼬離開房間時又補了一句，

「回收的感覺真棒，而且這裡多得是雞。」

「雞？」獾感到疑惑，可是臭鼬已經跨到走廊上，獾也好奇的跟了過去。

臭鼬放下那堆盒子時，第一隻雞出現了。

臭鼬給那隻雞一個鞋盒。「這個給你。」

「波克！」那隻雞接過紙盒，然後繼續邁步走開。

臭鼬壓低聲音說：「那是一隻奧平頓雞。」他揚起了眉毛。

「是的，好吧。」獾嘟嚷著。他注視那隻雞走過小巷，翅膀底下夾著鞋盒，心想，「又一隻雞！」

獾才剛放下懷裡的一疊紙盒，又有一隻雞走了過來。這隻雞走向他們時忽而抽搐忽而痙攣，伸出長長的黃色雞腿。臭鼬把第二個鞋盒交給他。

「波克、波克、波克弟，波克、波克！」那隻雞說。

臭鼬仰天高聲大笑。「這個好笑！」

他倆目送那隻雞一路東歪西拐，就這麼歪歪扭扭的走出視線消失了。臭鼬微笑著對獾說：「行蹤飄忽的來亨雞。我向來都是這麼說的，你知道嗎？」

獾不知道，但他還是點了點頭。有雞住在他家附近？昨天是一隻雞，今天呢？兩隻雞，那麼一共就是三隻雞了。獾一邊想，一邊和臭鼬合力用繩子綁好攤平的盒子，然後放在回收箱旁邊。

「我們做到了！」臭鼬拍了拍他的爪掌。

獾瞅著那一疊紙盒。沒有盒子了，沒有盒子房間了。但是他後來看見路邊有一個鞋盒，他望著那條小巷，巷子裡沒有雞。

「有隻雞忘記拿鞋盒了。」他對臭鼬說。

「那是我特意留的，」臭鼬回答。「留給你用！這個鞋盒最棒了。」他拿起鞋盒遞給獾。

玃接過鞋盒問：「真的嗎？」他把盒子翻了個面，盒蓋蓋得很緊，盒子的側面也很堅固。輕敲盒子時，盒子會響起一種空洞的聲音，聽著挺悅耳的。「這樣的盒子裝得下不少東西。謝謝你！」

　　臭鼬想了一下。「嗯，這一定就是雞也喜歡鞋盒的緣故吧。你覺得雞會把什麼東西保存在鞋盒裡？」

　　玃笑著說：「哈！雞蛋？」

　　「也許是雞蛋吧，不過雞確實喜歡收集東西。」

　　雞蛋讓玃想到了早餐，早餐又讓他想到了另一件事。「我想你會清理廚房吧？」

　　「當然不會，」臭鼬不帶感情的說：「我做早餐，你收拾善後，這是自然法則。總之，我要忙著搬進月亮房間。」

---

你收拾善後？這是自然法則？獾在刷洗碗盤時想著，肥皂水深及他的肘部。同時，臭鼬在樓梯衝上衝下，吹著口哨。獾繼續洗碗盤，聽著鬃毛掃帚刮擦地板窸窸窣窣的聲響。他刮掉沾黏在瑪芬烤模上的麵團時，樓上的垃圾桶傳來「哐噹」一聲，接著是家具刮過地板的聲音，有個東西啪答落地，發出豆袋椅般的噗噗聲響。臭鼬邁開滑稽的腳步飛快移動，獾聽見他好像在說：「是的！」和「這個房間真不賴！」，獾抽出泡在肥皂水中的爪掌，發現他的毛裡沾著結團的早餐，包含雞蛋、甜椒、溼掉的瑪芬。他在購物清單上寫「橡膠手套」，心想冷碗中泡著冷牛奶的冷麥片也有它的優點。

　　這時，樓上繼續發出劈里啪啦的聲響，是臭鼬在蹦蹦跳跳嗎？

　　砰咚！嘰嘎、嘰嘎、嘰嘎。

　　一個聲音大喊：「你知道這張床有彈性嗎？它

有彈性。」

獾拿擦盤子的乾抹布擦乾前臂，什麼也沒說。他想著那個黃色床架、綠色豆袋椅，以及看月亮的靠窗座位。

嘰嘎、嘰嘎、嘰嘎。

獾把髒汙、沾了食物殘渣的圍裙和潮溼的抹布抓在爪子裡，很想知道自己可以把盒子保存在哪裡？他將圍裙和抹布扔進洗衣籃時，才發覺自己剛才居然為自己收集的鞋盒向臭鼬道謝。等獾把廚房收拾乾淨，他才發現自己站在角落那顆小馬鈴薯旁。火箭馬鈴薯，臭鼬說過待會兒會把它撿起來。

這將是一次測試，獾想。

他把火箭馬鈴薯留在角落。

———◦❊◦———

獾坐在乾淨廚房的乾淨餐桌前，閱讀和重複閱

讀《礦石採集者週報》的同一頁時，臭鼬宣布他找到新的盒子房間了。

臭鼬帶領貛進入屋子的前廊。「就在這裡！」說著，他拉開折疊門，並且拉扯一條鏈子。

燈光閃兩下之後亮了，嗡嗡聲隨之響起。

「這是我特別的貴客衣櫥。」貛說。

「它更適合當作特別的盒子櫥櫃，」臭鼬說：「看見沒有？我已經在裡面放了五個不同大小的盒子，還有你的新鞋盒。」

沒錯，臭鼬已經把六個盒子，包括貛的鞋盒放進衣櫥了，而且貛也確實沒有多少特別的貴客。

「好吧，這是特別的盒子櫥櫃。」貛說。

臭鼬跳起來，笑得嘴角彎彎。「太好了！」

貛冷靜的觀察臭鼬。「你喜歡你的新房間嗎？」

「喜歡！」

「很好，」貛眼光嚴厲的看著臭鼬，「現在我要

去做我重要的岩石研究，不許打擾我。你明白嗎？」

臭鼬點頭回應。

獾走進廚房，再從廚房直接走進他的石頭房間。有個人跟在他身後，他轉過身問：「什麼事？」

臭鼬聳了聳肩。「我想看你要去哪裡。」

獾皺起眉頭，抓住分隔石頭房間和廚房的其中一扇拉門，將它一直拉到房間中央才停下。

臭鼬站著看他。

「我需要安靜才能做重要的岩石研究，」獾說：「這扇拉門必須一直關著。」

「好。」臭鼬又點了點頭。

獾穿過房間抓住另一扇拉門，然後把它拉到兩扇門之間只留一條窄縫。

「重要的岩石研究需要專心和集中注意力。」

他跨過窄縫，轉身把臉放在門縫中。「我在石

頭房間的時候不要打擾我，知道嗎？」

臭鼬睜大了眼睛，回答：「知道了。」

就這樣，玀關上了拉門。

接著，玀快步穿過石頭房間，關上通向走廊的房門。令人滿意的喀拉聲一響，門便關上了。

玀倚靠在房門上喘氣，聽見臭鼬低聲說：「噓，石頭房間。」接著，他聽見臭鼬踮起爪趾，喀拉、喀拉、喀拉的走遠了。

# 第四章

　　玀重新檢查了一遍：分隔廚房與石頭房間的拉門關好了，通往走廊的門也關好了。臭鼬在門外，他在門內。玀倚靠著走廊的門，閉上眼睛，覺得絕望透頂。「我什麼時候才能完成重要的岩石研究？我完蛋了。」玀大口喘著氣，心臟撲通撲通的劇烈跳動，最後他告訴自己：你沒有完蛋，快睜開眼睛。

　　他照做了。玀睜開眼睛，看到自己的石頭房間：書架上放著岩石，壁爐裡堆著晶洞，多富有藝

術氣息啊！那裡掛著他的護目鏡，這裡呢？是他的硬度測試工具組，鑿子、榔頭、鋸子！刮刀、鑷子，還有指甲刷！放大鏡的木柄因為多年的重要岩石研究磨得無比光滑。房間的正中央呢？是玁的石頭桌、石頭燈，還有他的石凳。

「這是我的石頭房間，」玁睜大眼睛，總算鬆了一口氣，「沒錯，是我的。」

他踮起腳趾走到石頭桌前，扭亮石頭燈。燈光集中在石頭桌上，照亮了一個物體。這個物體有粉紅與灰色的斑點，有些斑點還會閃閃發光。

他合起爪掌搓了一會兒，然後輕輕拉出他的石凳坐下。

他拿起那塊不明物體。掂著感覺挺重的。他湊近那個物體小聲說：「這是岩石還是礦物？」

第一個問題永遠都是「這是岩石還是礦物？」，就算認為自己知道答案，玁也是從頭開始審視。一

開頭，他會先問第一個問題，接下來，有的是時間做測試，並且要橇開來看個仔細。最後，獲會在物體上七刮八擦，確認不明物體有沒有在白色磁磚留下刮痕？是什麼顏色的刮痕？然後物體的名字就會被揭露、發現。有時只需要一滴酸性溶液便夠了，氣泡會嘶嘶作響的是碳酸鹽！有時獲的爪掌撫過物體表面會造成沉積物碎裂，但是工具早已準備好了：放大鏡、顯微鏡、吹管、本生燈，以及手套和護目鏡。還有錐鑽、一把小鏟、各種尺寸的刷子，還有一臺細粉塵吹塵器，獲給它取了個外號叫作「河豚」。

　　但是首先——在這一切進行之前——就是那個開頭，一定要先問第一個問題。獲很喜歡那個開頭，可以清除腦海中雜亂的假設和猜測。他敞開心胸接受所有可能性，然後提出這個問題。

　　「這是岩石還是礦物？」獲問。

是的，玃最喜歡的時刻之一就是開頭。

「這是岩石還是礦物？岩石？礦物？嗯……」玃在燈光下把那塊石頭翻轉了一遍又一遍。礦物是由一種基本物質形成，稱為單一元素，或是岩石科學家說的「一種自然化合物」，所以一塊礦物的元素趨近於相同；岩石則是集合體，礦物的集合體，或是岩石與礦物的集合體。如果是兩種礦物黏在一起呢？那便是一塊岩石。五種礦物的混合體和一塊岩石凝結成一大團？那也是一塊岩石。

玃面前的不明物體，有灰色的斑點也有粉紅色的斑點，此外，還有閃閃發光的斑點。

玃站起來繞圈圈，注視著石頭桌上沐浴在燈光下的那塊物體。他在剛要跨出步伐時停下腳步，接著跳到物體前面輕拍一個斑點，然後沉吟著看得目不轉睛。他又開始繞起圓圈，撓了撓腦袋，然後停下腳步。他豎起一根爪趾向空中一戳。「啊！」玃

思量片刻之後嘆了一口氣，接著咯咯笑的搖了搖頭。「不、不、不。」

突然間，獾衝到桌子前面，一把抓起那個物體拋向空中。

那個物體飛了起來。

那個物體往下墜落。

獾抓住它，用盡全部的力氣喊出答案：「岩石！」

獾向來都是以吶喊來回答第一個問題。這個情況很平常，不尋常的是劈劈啪啪應聲而至的腳步聲。

走廊的門被猛然甩開。「你還好嗎？你剛才大吼了一聲『岩石！』」

臭鼬站在門口。

獾發出呻吟，頹然的坐上他的石凳。

臭鼬一腳跨入獾的石頭房間。

玀「咚」的一聲，把那塊岩石放到桌上。

　　「玀？你在大吼大叫嗎？」臭鼬靠得更近了。

　　「有嗎？」玀喃喃的說，用兩隻爪掌摩擦自己的臉。

　　「有啊，你大吼大叫，你大吼著說：『岩石！』」臭鼬走到石頭桌前，指著那塊粉紅摻雜灰色的石頭，「是這塊石頭嗎？是的，可能就是這塊石頭，你在盯著它看。」

　　「這是岩石還是礦物？」玀咕噥著說。

　　臭鼬對他眨了眨眼睛，又指了一次桌上的東西。「那是一塊粉紅帶灰的石頭。」

　　「礦物是……」玀開口說明。

　　「是早餐麥片裡的某種東西？」臭鼬打斷了玀的話，「是的，我知道！櫥櫃裡有好多早餐麥片，我知道早餐麥片盒子上喜歡告訴你關於礦物質的事──礦物質、礦物質、礦物質！他們幹麼這樣

啊？礦物質聽起來一點也不好吃。聽著，那塊石頭太麻煩的話，你應該扔了它。希望你不介意我這麼說，不值得為麻煩的石頭傷腦筋，石頭好硬。」

玃閉上了眼睛。

「玃？」

玃睜開眼睛嘆了口氣，然後瞅著臭鼬。「臭鼬，你得讓我做我重要的岩石研究。這些門關上的時候，你必須讓我獨處，我不能看到你，不能聽到你的聲音，你懂嗎？」

臭鼬驚訝得張大著嘴。「可是你大喊了一聲『岩石！』，要是你聽見我大喊『岩石！』就馬上來看我，我會很感激的。」

「如果是我大喊『岩石！』，請別理我。」

「這話令人擔憂，不過我明白了。」

臭鼬站在那裡不但沒有離開，反而靠得更近，專心一意的對玃皺起了眉頭。「要不要喝點洋甘菊

71

茶？洋甘菊是香醇順口、舒緩心情的茶。獾，你看起來好像渾身都是刺。」

「再見。」獾說。

臭鼬自顧自的點頭。「是的，也許這時候喝洋甘菊茶太晚了。」他看了獾最後一眼，終於說道：「再見。」

走廊的門「喀拉」關上了。

獾嘆氣之後吸了一口氣，「我說出了我的重點，」他這麼想著，然後呼出那口氣，「我說了必須要說的話。」他再次吸氣，心想，「不會再有其他問題了。」

這時，拉門「啪答」一聲滑開，一顆眼珠子出現了！

獾嚇得跳了起來。

臭鼬把頭伸進門裡。「那麼午餐呢？」

「午餐免了！」

臭鼬一臉擔心。「你會肚子餓的，午餐是一天當中次好的一餐。」

「我不會餓，不要打擾我！」

「好吧。」臭鼬從門縫中縮回他的頭，再次關上拉門。

玃的腦袋敲在桌面上，發出「砰」的聲響。

許多分鐘過去了。

終於，玃坐起身，揉一揉自己的額頭，然後拿起那塊粉紅帶灰的石頭。

「你是一塊岩石。」他對石頭低聲說。

他瞥了一眼分隔石頭房間和廚房的拉門，又瞥了一眼通往走廊的房門。他料想自己會聽到越來越近的腳步聲，並且看到輕微晃動的門把。

玃在等待。但是門把沒有晃動，沒有聽見任何聲響。「門外真安靜。」他想。

他站起身，走到書架前取來他的硬度測試工具

組，心裡想著臭鼬總是蹦蹦跳跳、弄得砰砰作響，還會開心的嬉鬧。獾把他的白色磁磚、一分錢硬幣、一大塊玻璃和滑石粉排成一列，並且留神傾聽屋裡的聲響。沒有劈里帕啦的腳步聲，沒有地板的吱嘎聲，或是廚房用具的啪答聲。臭鼬在哪裡？臭鼬在做什麼？獾的心跳加速。

烏克麗麗！獾站直身體，想像臭鼬在他的房間，打開他的衣櫥，找到那把烏克麗麗。獾瞪大的眼珠子，開始骨碌碌的猛轉。

停止！他堅定的告訴自己。屋裡這麼安靜是因為臭鼬在讀書，臭鼬的房間有一整個書架的書。臭鼬也可能正在小睡片刻。

不，不可能！臭鼬會告訴動物把餐巾塞在這裡，坐在那裡。有臭鼬在房間裡，馬鈴薯會飛出煎鍋掉在角落，甜椒還會著火──著火！這些都不是會打盹、愛讀書的人會有的習慣。

獾走向走廊的門，他需要查看一下自己的臥室。

　　「坐下，現在要進行重要的岩石研究！」他告訴自己。

　　獾回到他的石頭桌前坐下。

　　「烏克麗麗！」獾想著，隨即站了起來。

　　這時，後門正好「砰」的一聲關上，緊跟著是吹口哨的聲音，以及皺巴巴的紙袋放在流理臺上的聲響。

　　看來是臭鼬出門一趟回來了。

　　「噢。」獾想。

　　接著，獾清楚聽到臭鼬低聲說：「獾在工作，一定要保持安靜，噓。」

　　獾呻吟著坐下。他用一隻爪子撫過身上的條紋，想著，「不可以繼續這麼下去，我受夠了，該停止了。」他削尖了自己最喜愛的一枝鉛筆，然後

把隨身筆記本翻到新的一頁，寫下：

親愛的魯拉阿姨：

臭鼬已經到了。他很活潑，喜愛蹦蹦跳跳，還會用口哨吹小曲，並且把鍋盤敲得叮噹響。

不幸的是，他敲門和大聲說話的時候，會讓我注意力渙散。當他的眼珠子出其不意的出現在拉門縫隙時，能把人嚇得從椅子上跳起來！

因此，他在褐砂石屋短暫停留之後，我認為臭鼬必須搬到別的地方居住。我相信您能夠理解，因為您常常興高采烈的說起我重要的岩石研究。

因在重要岩石發現的絕壁上

獾

貛撕下這頁筆記本，把它放進信封裡。他在信封上寫了地址，貼上美洲鶼鶘郵票，再把信件放在石頭桌的一角，才回頭繼續工作。

　　有了桌上這封信，貛便不太在意臭鼬在廚房弄午餐和後來弄晚餐時發出的噪音。煎鍋裡有東西在滋滋作響，而且有個好聞的氣味飄過拉門。貛的肚子開始咕嚕咕嚕叫，但他輕輕拍了拍信封，接著繼續工作。

　　等貛解決了他的岩石問題，才帶著那封信離開了屋子。他無聲無息的關上大門，接著邁步走下臺階，沿著人行道走到美洲鶼鶘的郵箱。他打開郵箱蓋，把信投了進去。

　　「問題解決了。」聽見郵箱蓋關上的聲音，貛在心中這麼想著。

　　貛轉過身，踩著雀躍的步伐走回褐砂石屋。

# 第五章

　　獾寄完信回家時，發現屋裡一片安靜。臭鼬想必是出門了，他想。

　　他的肚子餓得咕嚕咕嚕叫，於是他衝到廚房，左爪掌找到麥片櫥櫃，右爪掌拉開廚具抽屜。他把麥片盒擺上流理臺，湯匙在一旁敲得噹啷響，然後是牛奶「啪答」一聲著陸，連同一個碗也「砰咚」一聲放在檯面上。

　　獾站著享用餐點，湯匙碰得碗叮噹作響。湯匙先是滑過碗底，然後又舉到獾的嘴邊。叮噹——

滑——噴噴，叮噹——滑——噴噴，叮噹——滑——噴噴。

　　吃完了。吃麥片時向來都是這樣，玃拿著空麥片盒搖晃、搖晃、搖晃，麥片碎屑順勢灑落到碗中的牛奶裡。這時，玃的腦海浮現了幾個字：冷碗中泡著冷牛奶的冷麥片。玃拿起湯匙，一邊敲擊碗的側面一邊說：「冷碗中（叩）泡著冷牛奶的（叩叩）冷麥片（叩）。」

　　玃想起臭鼬為他準備的早餐：早餐熱巧克力、溫熱的草莓肉桂英式瑪芬、炒蛋搭配火烤甜椒。

　　「嗯……」他咕噥著，把空麥片盒拿到面前。

　　「彩色麥片圈！添加更多礦物質與維生素！」臭鼬說得對，礦物質和維生素聽起來一點也不好吃。

　　玃在冰箱的購物清單上寫了「再也不買彩色麥片圈」，並且決定他要早點上床睡覺。

回房途中，獾聽見原來的盒子房間傳出了某個聲音。

房門虛掩著，獾推開門往裡面偷看，然後倒吸了一口氣。

燈光下，臭鼬蜷曲著身體坐在綠色豆袋椅上，一本巨大的書在他腿上攤開，閱讀燈的亮光灑在書頁上。月光從窗子流瀉而入，照亮了窗邊的座位，座位上擺滿了蓬鬆、花色不相配的枕頭。

「月亮房間。」獾心想。

臭鼬揉了揉眼睛。「你好啊，獾。」

「你在這裡。」獾說話不太得體，而且他發覺自己甚至沒有敲門。

臭鼬似乎沒注意到這件事。「是的，我在這裡。今晚是長篇故事之夜，你吃麥片的聲音好像一支波爾卡舞曲，」臭鼬捧起那本大書，「你讀過這個故事嗎？故事的標題叫《亨利五世》。亨利五世

月亮房間

是個姓氏簡短的國王。」

「我吃麥片的聲音好像一支波爾卡舞曲？」獾在心中想著，盡量擺出一副不以為意的樣子，還走近幾步閱讀大書的封面。封面上寫著：亨利五世，威廉·莎士比亞著。

他搖搖頭說：「沒讀過，這不是一本關於岩石的書。」

臭鼬迅速溜到豆袋椅的邊緣，坐得直挺挺的。「你應該讀一讀這本書。《亨利五世》是敘述兩位國王交戰的故事，雖然讀了令人難受，但是很適合在長篇故事之夜閱讀，而且亨利王說話挺有趣的。譬如亨利王說：『贏得一個王國最快的方式是寬厚與仁慈，而非使用暴力與殘酷的手段。』你認為這話是真的嗎？我根本不知道自己是怎麼想的，甚至沒把握自己是否相信亨利五世！他是一位國王，卻害得每個人捲入戰爭，而且戰爭既不仁慈也不寬厚！

不過我很想知道你的想法。玁，你覺得呢？」

臭鼬等待玁的回答。

「啊，嗯。」玁回答得很含糊。他不習慣回答這種問題，尤其是在晚上吃光整盒麥片之後。

臭鼬用爪趾撫過書頁，並且輕拍了一下。「他實際上是這麼說的：『在仁厚和殘暴爭奪王國的時候，總是那和顏悅色的仁厚最先把它贏到手。』[1]這話對你有幫助嗎？」

臭鼬抬起頭等他回答。

「哦，」玁先如此考慮，接著又那般思量，不過他的思緒走進了死胡同，於是又倒退出去，換個方向再想想看，「可能吧？希望有幫助？」

臭鼬嘆了口氣，點頭說：「是啊，我看『希望』」

---

1　出自莎士比亞《亨利五世》第三幕第六場。此部歷史劇創作於一五九九年，描寫百年戰爭期間的阿金庫爾戰役。

似乎是正確的。我希望這個世界是仁慈寬厚的，我希望世界是這樣。可是，玃，如果寬厚和仁慈果真是贏得王國或贏得任何東西最好的方式，難道大家不會照著去做嗎？並非每個人都寬厚而仁慈，哪怕是我也覺得自己很難做到寬厚與仁慈。有時候我好憤怒，而且我是個小動物，個子小活得很辛苦。偶爾我會希望自己有大灰熊的手臂可以大力猛擊，或是鱷魚的大嘴可以啪答啪答響，可惜我只是一隻臭鼬，」他看了看自己的尾巴，「就算沒有人受到傷害，別人還是會把你趕出城鎮，你實在不覺得自己可以『最先把它贏到手』。」

玃看著臭鼬的尾巴，眼中帶著幾分驚恐。「你沒有……呃，隨隨便便用上那個吧？」

「噢，沒有，當然沒有。只有遭遇到最急迫的狀況，我才會噴臭液。」臭鼬微笑著說：「謝謝你，玃。聊一聊很有幫助。」他把爪掌放在書上，

然後把書闔起來。「你弄明白那塊難纏的石頭了嗎？」

獾點頭回答。「電氣石偉晶岩。」

「哦，這是它的名字嗎？」

「是的。」獾笑咯咯的說。

「那好，明天我想聽聽電氣石偉晶岩的故事，」臭鼬說：「我沒聽過多少石頭的故事。」

「你願意聽？」

「是啊，我願意，」臭鼬說：「石頭不像牡蠣，嘴巴閉得很緊。而且石頭的話不多，只有抖石機裡的石頭會嘰嘰喳喳說個不停，不過那是因為抖石機的關係，況且我也沒學會怎麼說『石頭話』。」

「是石頭研磨拋光機才對，」獾開口糾正，嘴角帶著一抹微笑，「明天我就跟你講個石頭的故事。」

「好極了。」臭鼬說完便打開他的大書，重新

讀了起來。

———◇×◇———

那天晚上，獾換上睡衣睡褲溜上床時，想著臭鼬和自己寄給魯拉阿姨的信。他不得不承認，與臭鼬交談作為一天的結束是頗令人愉快的方式。這樣是行不通的！不過臭鼬確實有討人喜歡的時候。

獾閉上眼睛把腦袋靠在枕頭上，回想自己吃麥片時發出的聲響：叮噹——滑——噴噴，叮噹——滑——噴噴，叮噹——滑——噴噴，然後失聲笑了出來：「哈！」

「我吃麥片的聲音，確實好像一支波爾卡舞曲！」

就這樣，獾面帶微笑的睡著了。

———◇×◇———

隔天一大早，獾被一陣喊叫聲吵醒了，「洋蔥蘑菇煎蛋捲！溫熱的大黃瑪芬！早餐熱巧克力就要上桌了！」

　　「早餐熱巧克力。」獾嘟囔著翻身下床，跨步掙脫被子，然後蹦蹦跳跳的下了樓梯。

　　臭鼬第二天做的早餐和第一天一樣美味可口。

　　「嗯……嗯……啊。」獾在咀嚼時發出好吃的聲音，而且一隻爪掌還緊緊抓著最後一個大黃瑪芬，然後主動提出自己願意洗碗。

　　臭鼬的動作忽然靜止下來。「你確定嗎？髒盤子會令你火冒三丈。」

　　「你做早餐，我收拾善後。不是說好了嗎？」獾毫不理會臭鼬看他的眼神。

　　臭鼬抬頭注視獾。「做早餐確實是一項艱鉅的工作，這樣分配很公平，不過盤子很多。」臭鼬指了指流理臺上沾滿蛋汁的打蛋器。搖搖欲墜、堆積

和黏糊糊的字眼掠過玃的心頭，他也注意到那顆火箭馬鈴薯仍然留在那個角落。

不過這些事情玃一點也不在意。那封信已經寄出，該做的也都做了，多清理兩、三次廚房會造成什麼傷害嗎？

玃若無其事的聳了聳肩膀。「這樣才公平。」

臭鼬斜瞄了玃一眼，眨了眨眼睛，然後點頭同意。「好吧，但我要幫忙，如果有人擦乾盤子，做起來會輕鬆一點。」

「你願意？」

「我願意。」

吃完飯後，玃洗盤子，臭鼬負責擦乾。他們聊著臭鼬喜歡的東西：好看的故事書、一處農民市集，還有──臭鼬低聲說了「銀河」。他們也談論玃喜歡的東西：石頭、礦物，以及瑪瑙如何在火山氣體造成的氣泡中形成。「熔岩泡泡！」臭鼬說著

一躍而起。「呃⋯⋯不完全是。」獾說。

臭鼬開始來回踱步，他旋轉湯匙，接著又旋轉叉子。他拿著乾抹布朝廚房的櫥櫃輕輕揮動，發出啪、啪、啪的聲音。他注視獾好半晌，先是張開了嘴巴，然後又閉上。

最後他開口說：「獾？」

獾抓在爪掌裡的碗突然滑開，掉落到肥皂水中，發出「哐噹」一聲。「真是亂七八糟！什麼事？」

臭鼬拿乾抹布「啪」的一聲拍打地板，急匆匆的說：「有時候我興奮起來會做一些事，」他抬起目光，「獾，關於你的盒子房間，我覺得很抱歉。在踩扁盒子之前，我應該先問你才對。我真的以為自己是在幫忙。空盒子讓我想到氣泡袋，我壓根沒想到或許你會喜歡盒子保持原狀，對不起。」

「沒關係。」獾說。

臭鼬雙臂交叉著說：「當時你氣死了，我知道，我沒看錯！」

玀努力回想自己將信寄給魯拉阿姨之前的感覺。他皺著眉頭，然後想了起來。「是的，我很生氣。不過現在呢？我不氣了。」玀微笑著拍了拍臭鼬的背。

臭鼬笑得闔不攏嘴。「這真是好消息！」

然後臭鼬用一根爪趾指著玀。「你說記得魯拉阿姨提過我，可是你好像壓根沒料到會是一隻臭鼬。我似乎令你大驚失色，我說得對嗎？」

玀靠著水槽的身體一沉，露出淺淺的微笑。「那時我還沒看魯拉阿姨寄來的信。」

「你之前說……」

「我的確說過。」

「你不知道我要來！」

玀搖了搖頭。「我不知道你要來。」

「那麼一切都說得通了，」臭鼬咧嘴笑著說：
「你應該看魯拉阿姨的信才對！」

「以後我會看的，相信我。」

「哈！」

「哈！」

臭鼬抓起一把叉子，他們回頭繼續清理廚房。

———— ✦ ————

廚房收拾乾淨，而且順利完成上午的岩石研究
之後——沒有遭到打斷！岩石辨識出來了！工作提
早完成！——獾和臭鼬一起共進午餐。

「你知道，」臭鼬說著用一根醃蘆筍猛戳空
氣，「這裡簡直就是雞的大都市。我見到一隻藍爪
矮腳雞、兩隻烏骨雞、三隻爪哇雞，還有一隻鬥雞
走在一起，還有好多雞是我根本認不出來的品種。
我碰到過來自南美的雞，他們是真正的旅行家。你

92

住在這裡太幸福了，這些雞說他們不認識你，但你或許是個馬馬虎虎的室友。他們說如果我是你的室友，希望你會願意關掉抖石機，他們也認為我不喜歡抖石機。獾，抖石機吵死了。」

「是石頭研磨拋光機，」獾開口糾正，「它的確很吵，我同意。」他刮著自己的烤馬鈴薯，心想一定要買些橄欖和晒乾的番茄才行。接著他皺了皺眉頭說：「那些雞說我『馬馬虎虎』？」

臭鼬嚼著他的蘆筍，然後一口吞下。「以雞來說，馬馬虎虎已經很不錯了，雞會碰到很多麻煩事。你會喜歡雞的，他們是那麼的腳踏實地！對了，你是不是遇過一隻雞？一隻多米尼克雞說他嚇到你了，他說你是那種沒料到雞會說話的動物。」

獾回想起兩天前見到的那隻灰白斑點雞。所以他當時應該要說「波克」嗎？

臭鼬傾身靠向桌面。「你想不想認識那些雞？」

「想。」玁說完之後，才發覺自己是真心的。

臭鼬拍了拍爪子。「很好，很好，很好。」

「現在，」臭鼬說著捏起一塊餅乾，身體往後靠向椅背，「跟我說說電什麼石偉什麼岩的故事。」

「電氣石偉晶岩是從我們地球深處的火、熔岩和岩漿開始的。」玁開講了。

「火，熔岩，岩漿。」臭鼬重複說了一遍。他的下巴抵著一隻爪掌，咬了一口餅乾，然後專心傾聽。

———✦———

之後，臭鼬請玁在地圖上指給他看，於是他們把廚房餐桌清理乾淨，玁在桌面上攤開一幅地質勘測圖。他們肩並肩——臭鼬坐在一張椅子上，玁站在椅子的旁邊——弓身面向地質圖。玁告訴臭鼬，自己是如何在尋找岩石的探險旅行中使用地質圖。

臭鼬驚呼。「尋找岩石的探險旅行？那是什麼呀？」

玃解釋自己如何在野外搭帳篷。

「在星空下嗎？」臭鼬打斷了他。

「嚴格說來是的，不過……」

「天天野餐？」臭鼬又插話了。

「大概吧，我會在戶外吃飯。」

臭鼬的雙腳輪流跳來跳去。「還有呢？還有呢？」

玃解釋地景中的各種線索，如何指引他找到特別的岩石。

臭鼬的爪子「啪」的一聲拍打在地圖上。「就像用X標出位置？」

「差不多……是的。」

接著臭鼬轉身說：「玃，那我們還在等什麼？」

「哈！」玃笑了，因為他也有一樣的感覺。

那天下午，臭鼬出門探索北推斯特，獾則清洗午餐的髒碗盤。獾不介意獨自一人清洗碗盤，因為他過了很棒的一天。獾甚至還對火箭馬鈴薯微笑，他依然讓它歇在火箭馬鈴薯所屬的角落。

　　突然間，獾想起自己寄給魯拉阿姨的那封信。他一動也不動的站在廚房中央思考，他想了一秒鐘……兩秒鐘……三秒鐘。最後，獾甩開自己的想法：這當然是最好的作法！這種住宿安排哪裡行得通？

　　廚房收拾乾淨後，獾拿了最新一期的《礦石採集者週報》，上樓回到自己的房間，他想看週報上有沒有刊載他的岩石發現。

幾個小時之後，玀醒了過來，因為週報撞到了他的臉。他坐起身，把報紙摺好擺在書桌上。有人寫文章讚揚他在岩石方面的兩項發現！他打算剪下這些報導，保存在他的出版檔案裡。

然後，玀發覺屋裡好安靜，太安靜了。他下樓去查看。臭鼬不在廚房，不過玀在桌上找到了一張字條，上面寫著：


玀：

　　我晚餐後回來。今晚別去任何地方，我要給你一個驚喜！

臭鼬


一個驚喜？玀把字條再讀一遍，上面確實寫了「驚喜」。

玀睜大眼睛，把字條讀了第三遍。

「噢。」獾用掌背擦拭自己的眼睛，已經好久好久沒有人為他準備一個驚喜了。

獾彷彿聽見一陣刺耳的砰砰聲。「也許我不應該寫那封信？」

不過即將來臨的驚喜，讓獾拋開了這個想法。

一個驚喜！他等不及了。

# 第六章

　　這個驚喜沒有讓獲等待太久。他首先聽到的，是一個聲音。

　　那是個很可怕的聲音，獲還以為有一頭小象卡在他其中一邊的耳朵裡。那個聲音發出一聲吼叫！獲跳起來敲打腦袋右側，再敲打左側，接著才弄明白，原來吼叫聲不在他的耳朵裡。他一邊呻吟一邊跟隨那個聲音走出廚房，穿過前走廊，然後猛然甩開大門。

　　臭鼬背對獲站在門前的臺階上，朝一根橙色的

棍子吹氣。

　　臭鼬轉過身，取出嘴裡的棍子。「你好，玀！」

　　那個聲音就像硬被拔出瓶口的軟木塞，離開了玀的耳朵。啵！咿咿咿啵！玀瞬間癱倒在石頭臺階上吁吁喘氣，並且搓揉著耳朵。

　　臭鼬把棍子放進口袋，滑到臺階的邊緣。他舉起一隻爪掌橫放在眼睛上方，環視左鄰右舍。「馬上就要來了！馬上馬上馬上。」

　　玀循著臭鼬的目光，以為會看到脹紅了臉的鄰居在搓揉自己的耳朵，但是沒有鄰居出現。其實整個街坊看上去就跟平常一樣：對街的草地，通往郵筒的人行道，排列整齊的褐砂石屋猶如骨牌般沿著奎格利山爬升。

　　臭鼬蹦得老高，指著南方。「嗨喲，奧洛夫！」

　　玀看見一隻站得直挺挺的怪鳥，身上穿著羽毛馬褲。

臭鼬靠過來附在玀的耳邊小聲說：「他的名字是照俄羅斯伯爵阿列克謝·格里戈里耶維奇·奧洛夫的名字取的。但是他不是從俄羅斯來的，他來自伊朗。」

　　玀站起身想看個清楚。奧洛夫每邁出一步，身上的羽毛便不停顫抖，包括：暖手筒、戴帽斗篷、鬍子，以及他粗濃的眉毛。奧洛夫慢慢轉過身，接連用左眼和右眼輪流看玀，玀感覺得到他正在打量自己。接著奧洛夫抖鬆渾身的羽毛，把喙伸向空中發出尖銳的叫聲。「惹呃呃呃惹惹！」

　　「那是什麼鳥啊？」玀問。

　　「他是雞！只有雞才聽得見雞哨子聲。」臭鼬回答。

　　玀想起那根橙色棍子，眨了眨眼睛。「你吹雞哨子的時候什麼也沒聽見？一點聲音也沒聽見？」

　　「當然沒有，我又不是雞。」

「玀也不是雞啊！」玀心想。玀原本還想說點什麼，但是臭鼬連蹦帶跳又指又點的。「你看！在那邊！還有那邊！」

「噢！」玀的下巴垮了下來。放眼望去，整片大地都是雞，下方、上方、後方，全都是雞。就連街道對面，公園裡頭，郵筒附近，也都是雞。肉垂！雞冠！鮮紅色的臉！橢圓形，圓形，個頭嬌小，或是大如灌木。「那是澤西大黑雞。」臭鼬說。有幾隻雞擺動鸛鳥似的長腿在散步。「右邊有三隻鬥雞！」臭鼬說。有幾隻雞穿著喇叭褲，頭戴有羽飾的貝雷帽，腳上套著蛙鞋，而且全都是羽毛做的。什麼顏色的雞都有，還有紫色的雞？有些雞羽色斑駁，有些雞帶著斑點，還有些雞閃閃發光。無論玀往哪裡看，整片大地都照著雞的節奏移動，有如切分音[2]似的一下子猛進一下子急煞，先是用這隻眼睛看，接著再換那隻眼睛瞧，然後跨步、跨

步、跨步，緊盯——啄！

獾站在褐砂石屋的臺階上晃動他的腳。「這些全都是雞？」

「都是母雞，」臭鼬這麼回答，不過他誤會了獾的意思，「母雞會把事情做完做好，而且會一起工作。我不喜歡說雞的壞話，可是獾，難搞的公雞實在太多了。公雞想要各種關注，愛打架、愛出爪子和用尖嘴啄人。有些公雞就是不懂什麼時候應該停止喔喔啼叫，就連母雞也覺得維持最低數量的公雞最好。不過我也確實跟賴瑞說了這件事，賴瑞是一隻與眾不同的公雞。」

獾指著四隻長得肉呼呼又受過日晒的雞，交叉著雙臂說：「那些是火雞。」

---

2　在樂理規則中，經由同音高的音符結合，能使樂曲的強拍、弱拍產生異動，使得強拍變成弱拍，或弱拍變成強拍。

「獾，他們是雞——外夕凡尼亞裸頸雞。」

然後，獾發現雞——所有的雞——全都越靠越近了。跨步——緊盯——啄。

距離拉近。跨步——緊盯——啄。

距離拉近。跨步——緊盯，跨步——跨步，啄！

獾磕磕絆絆的後退，緊緊抓住屋子的石牆。「三疊紀——侏羅紀砂岩。」他習慣性的自言自語，滿腦子想著這波逐漸逼近的雞浪潮。

臭鼬衝入羽毛海洋中。「你好！你好！」他大聲喊著：「很高興見到你！」

獾注視臭鼬向一隻接著一隻雞打招呼，然後那隻奧洛夫雞跨步上前，顯然是講了什麼笑話。

「那隻有橘子色腳的是誰啊？」獾聽到臭鼬這麼說。

「波克弟，波克——波克，波克弟——波克

弟──波克──波克？」奧洛夫雞說。

「哈！你聽見沒有，獾？」

獾聽見了。「波克波克？」並不好笑，獾聳了聳肩。

圍在臭鼬身旁的雞，全將目光轉向獾。一隻眼睛，接著是另一隻眼睛。

「波克。」一小球橙色的羽毛說。

「波克──波克。」一隻斑點棕毛雞說。

「波波波克──波克──波克。」奧洛夫雞說。

臭鼬朝獾瞥了一眼，然後轉向雞。「你們說得對，我想獾可能聽不懂你們的方言。」

「什麼方言？」獾怒聲說道。

臭鼬擔心的看了獾一眼。

雞討論了片刻，然後斑點棕毛雞說：「波克！波克──波克弟──波克。」

臭鼬揮了揮爪掌說：「不，他夠聰明，獾對石

頭的了解非常透澈。」

獾吃驚的倒抽一口氣。「夠聰明？對雞來說？」

「噓！」臭鼬說：「我保證馬上讓你說個清楚。這些雞會喜歡你的，你也會喜歡他們。認識雞是很不錯的事。」

話一說完，臭鼬從獾的身旁擠過去，打開褐砂石屋的大門，嚇得獾魂飛魄散。「說故事時間！」臭鼬大喊。

「等等！」獾出聲阻止，但是為時已晚，雞群以高壓軟管的強勁力道衝向大門。

———◆◆◆———

事情發生得太快了。

獾和臭鼬站在石頭房間門口看得目瞪口呆。只見一個雞腦袋輕輕一彈，石頭房間便在雞群的武裝政變下遭到推翻。這不是獾的石頭房間，這是雞的

荒野大西部，是死巷裡的酒館，是最後一個玉米攤位。雞群嘰嘰喳喳的閒聊，他們突然爆出好大的嘎嘎聲，還猛拍翅膀。會飛的雞飛到空中，有些雞停在吊燈上，因此現在吊燈像鞦韆似的盪來盪去。

獾的嘴巴張開又閉上，張開又閉上。

臭鼬看了他一眼。「通常不會跑來這麼多雞，」他解釋，「之前最多是十六隻，而且只有那一次而已。」臭鼬瞅著獾說個不停：「我不知道雞喜歡石頭房間，」他補充，「通常他們會先去廚房。」臭鼬偷偷瞄了獾一眼，隨即匆匆移開視線。「是的，雞總是不斷給人驚喜！」

「驚喜。」獾咕噥道。

臭鼬繼續說：「可是吹完雞哨子，若是不邀請他們進屋聽個故事，那就太沒禮貌了。」

獾朝著在石頭房間裡暴動的雞群猛揮爪掌。「沒禮貌？那這是怎麼回事？」

臭鼬點頭回應。「好在石頭很硬。」

說完，臭鼬僵住了。「噢，天哪。」他輕聲說。

玃轉過身問：「怎麼了？」

臭鼬快速的對玃笑了笑。「你沒有任何碎石頭吧？」

「為什麼這麼問？」

「雞吃碎石頭可以幫助消化，雞向來都是這麼說的。」

「碎石頭是石頭。雞會吃石頭？」玃瞧著書架上裝滿石頭的盒子、石頭桌，還有壁爐架——統統都被雞占滿了。

臭鼬看了玃一眼，然後說：「我來做爆米花！」

「啊啊啊呃呃呃呃！」玃狂吼一聲，搖搖晃晃的走入雞群。

臭鼬去做爆米花，玃在房裡關閉、裝箱、上鎖，不斷的發出咆哮。

最後，玃張開雙臂趴在他的石頭桌上，雙腿緊緊夾著他的石凳，頻頻攻擊那隻澤西大黑雞，因為他似乎打定主意要站在玃那盞石頭檯燈的活動彎架上。澤西大黑雞終於放棄時，玃才讓自己的腦袋撲通倒在桌面上。

玃就這樣一動也不動的，直到臭鼬「咕咚」一聲把一碗爆米花放到他面前。

「補充一下體力，你好像枯萎了。」臭鼬說。

玃抬起頭，剛好看見臭鼬捧了好幾碗爆米花，消失在雞的旋風中。

玃用爪掌抓起一大把爆米花塞進嘴巴，咀嚼，然後坐起來。

他再次抓了滿滿一大把爆米花，接著又抓了一大把。然後他看見她了，那小小一球橙色的羽毛，就站在他的筆筒旁。

玃開始吐口水擦亮他的石頭檯燈，同時用眼角

看她。一隻黃腳從蓬鬆的羽毛中露了出來，她慢吞吞的伸出腳，接著如眨眼般快速的放下，然後垂下另一隻腳，並且鼓脹起全身的羽毛。玀把頭貼向那一團小小的身體。「我很聰明！」他大聲咆哮。

那團羽毛啄了玀一下，啄得很用力。

「哎喲！」玀輕拍著鼻子說。

「波克——波克，」那球蓬鬆的羽毛說。她慢慢從橙色羽毛中伸出一顆小腦袋瓜，然後盯著玀看。左眼，右眼，左眼，然後眨眼兩次。她朝玀的爆米花跨兩步，再兩步，又兩步。「波克！」

「哈！」玀笑了。他把爪子伸進碗裡，在她面前放了一粒爆米花，然後身體向後一靠瞅著她。

橙色小母雞根本懶得看玀一眼。她走上前吃了那粒爆米花。「波克。」

玀又在她面前放了一粒爆米花。「我研究岩石科學。」

放眼望去全都是雞。

「波克——波克。」橙色小母雞邊說邊啄食爆米花。

獾抓起一大把爆米花放在她面前。「研究岩石科學需要決心、毅力和個性，也必須非常非常非常聰明才行。」

「波克——波克——波克——波克。」橙色小母雞往後拋了一粒爆米花，接著大口吞下。

獾接連吃了好幾把爆米花，當他看到橙色小母雞也吃完自己的分量時，又從碗裡抓了一大把。

「波克！」

獾的爪子停在半空中。

「波克！」小母雞又說一遍。獾看見兩隻小眼睛仰望著他，右眼，左眼，右眼，然後橙色小母雞跳進了獾的胳膊。

「好輕啊。」獾想。

橙色小母雞嘆了口氣，把小嘴塞到翅膀底下，

就這麼睡著了。

「哦。」玀說。

「咕咕咕——唉、唉克、唉克、唉克。」

一隻灰白色的公雞，動作僵硬的從壁爐內的晶洞中站起來。這隻雞身上有些羽毛已經被拔掉了。

他是賴瑞嗎？玀想著。

「謝謝你，賴瑞。」臭鼬的聲音傳了過來。

玀一轉身，便看到臭鼬坐在地板上，捧著一本封面有刺繡的書。

「波喔喔喔喔克……波喔喔喔喔克，波喔喔喔喔克。」雞群嘟囔著，橙色小母雞也微微動了一下，在玀的胳膊裡調整位置。

臭鼬打開書本。「憂天小雞大英雄。」他念道。

他停頓片刻，然後直勾勾的注視著玀。「先幫你前情提要一下：有個東西從天而降，砸到了憂天小雞的頭。那只不過是個像葉子的東西，卻嚇壞了

112

憂天小雞，他匆匆推斷出一個最有可能的結論，告訴每個人說：『天要塌了！天要塌了！』許多鳥兒聽信了他的話。那些鳥兒跟隨憂天小雞進入狐狸羅克斯的巢穴，幸好憂天小雞和他的朋友毫髮無傷的逃脫了，但是憂天小雞的名聲也從此徹底敗壞。」

臭鼬轉向書本開始朗誦，他的聲音充滿了整個房間。玃聆聽故事時，情節似乎在他眼前拓展開來。

故事是這樣的：

因為「天要塌了」的慘痛失敗，深感恥辱的憂天小雞離家出走，展開一段旅程。他決心要彌補自己犯下的過錯。「除非找到足以改變現況的東西，否則我絕不回去。」憂天小雞說。

這是一段相當了不得的旅程！憂天小雞穿過一堆枯葉時，一群椋鳥突然從枯葉堆中飛跳

出來，還有想要害他走錯路而齊聲合唱的青蛙。他偷偷摸摸經過交戰中的螞蟻陣線，躲藏在潮溼的溝渠裡。最後，他遇到一隻睿智的綠色長尾小鸚鵡。小鸚鵡送他一粒魔法玉米，告訴他：「危急的時候，就吃了這粒玉米。」

穿越山上的冰川時，憂天小雞凍傷了一根爪趾。後來他又踩到一片塌陷的積雪，那片積雪底下除了空氣什麼也沒有。那是一條裂縫，冰川的裂縫，但是它被風捲來的積雪遮蓋了一半。憂天小雞掉進了裂縫！他在空中旋轉，墜落，掉落。他絕望的拚命拍動翅膀，儘管他早就聽說這麼做沒有用。

翅膀管用了！

至少有點管用。憂天小雞滑到裂縫的另一邊，用他剩下的爪趾扎入積雪。

這番努力救了他的小命。憂天小雞躺在冰

上喘氣，努力回想自己把魔法玉米粒放在哪個口袋。它在哪裡呢？他怎麼也找不到。憂天小雞這時了解到幾個事實：矮腳雞天生不適合爬山，還有流落到冰上的雞很快就會死掉。要不是山上有一家鼠兔把憂天小雞拖進他們鋪了稻草的溫暖巢穴，憂天小雞就要沒命了。鼠兔救了憂天小雞的性命，為了報答鼠兔一家的救命之恩，憂天小雞留下了三顆雞蛋。

「那些雞蛋把鼠兔家族搞糊塗了。鼠兔是一種個子小巧的兔子，他們只吃植物，拿著三顆大雞蛋有什麼用處呢？有個故事就是在講那些雞蛋後來怎麼了，下次我們再講那個故事。」臭鼬說。

「波克！」澤西大黑雞說。

「好吧好吧……我繼續講。」臭鼬說。

日後，憂天小雞會很感激自己沒有在冰川上用掉他的魔法玉米粒。如果他在冰川上用掉了魔法玉米粒，那就只能救到他自己。因為等待了一些時日，憂天小雞就可以把它用在……

「對所有雞隻大有好處的事情上！」臭鼬說。

　　之後還有許多的冒險。憂天小雞旅行到更遠的地方，更遠……更遠。

「用掉玉米粒！用掉玉米粒！」貛在心裡想了一遍又一遍。

　　然後有一天，憂天小雞在一個平靜無風的湖泊對岸，看見一個身影。那是一個腳踩登山鞋的女人，她穿著方格羊毛料休閒外套，手肘

的地方縫了一塊補丁。憂天小雞看到她用手杖在沙子上寫東西。

憂天小雞來到湖泊對岸時，那個女人已經走了，但是她畫在沙子上的訊息還在。

那是雞的爪痕！是的，那是最古老的雞語言——文字，數字，符號。憂天小雞讀出訊息：「電子，能量，指數……波數，單位長度，整數……真空中的電磁輻射……軌道的主要量子數……常數！」訊息中還有一些符號——乘除，無限，大於，小於，等於，係數，小數。

「聽來像是一個數學方程式！」獾想著，差點讓那隻橙色小母雞掉到地上。

那天晚上，憂天小雞仔細思考他在沙子上

讀到的訊息。

　　隔天一早，憂天小雞知道假如自己能夠應用那些雞的爪痕，那將足以改變現狀。憂天小雞一口吞下魔法玉米粒，便帶回了……

　　「量子躍進[3]！」臭鼬說：「量子躍進不是飛躍，不是躍過，也不是跨欄賽跑，而是在一個地方消失又重新出現在另一個地方。量子躍進讓雞的世界變得更安全，憂天小雞成為了家喻戶曉的憂天小雞大英雄！」

　　「他們是這樣做的？科學？」獾想著，同時驚嘆不已的環顧四周的雞。

　　臭鼬「砰」的一聲闔上書本。「故事講完了。」

---

3　量子物理學的術語。指電子從原子的一個軌道跳躍到另一個軌道的過程，而且這個過程是不連續的。

雞群爆出一陣嘎嘎叫。「波克！」、「波克——波克！」

睡在獾臂彎裡的橙色小母雞，用她的小嘴輕輕碰了他一下。獾對她點點頭。

「這個故事真不錯。」獾想著嘆了一口氣，冒險與科學能夠創作出最好的故事。現在他環視自己的石頭房間，只見地板上有雞，書架上有雞，石頭研磨拋光機上有雞，就連窗臺上也有雞。

他看著懷裡那隻橙色小母雞。「像瑪瑙一樣的橙色。」想到這裡，獾的心中滿溢著幸福的感覺。

「這是我生命中最棒的一個夜晚。」獾心想。

這時，一隻斑點雞忽然發出「啪」的一聲，並且焦急的亂動。「波克——波克——波克！」

緊接著，石頭房間裡的雞頓時全都跑光了。橙色小母雞胡亂鑽出獾的胳膊，跳進那一大團聒噪、波濤洶湧的羽毛中。

獾看著臭鼬。

臭鼬咧嘴笑了，打手勢要獾跟過去看。

獾跟了過去。

月亮！

月光灑滿了整個門廊。

「噢。」獾說。

臭鼬發出嘆息。

獾與臭鼬並肩站在門廊上觀看月亮升起，看了好長一段時間。雞群全部聚集在院子裡，獾乾涸的花園開滿了一朵朵、一簇簇蓬鬆的羽毛、雞冠和流蘇。

「雞真漂亮。」獾輕聲說。

臭鼬點頭同意。「是啊。這裡至少有一百隻雞，實在是太多了。我在北推斯特必須謹慎使用雞哨子才行。」

「哈！」獾笑了。

「哈！」臭鼬也笑了。

毫無預警之下，雞群抖了抖身體，他們排成一列緩步經過臭鼬和獾的身旁，然後走進褐砂石屋。

獾看著臭鼬。

臭鼬聳了聳肩膀。「還有剩下的爆米花。」

接著臭鼬打了個噴嚏，鼻子迸出煙火似的繽紛色彩。

「噢！」獾退後了一步。

臭鼬微笑著揉搓他的鼻子。「到處都是月亮塵埃。」

臭鼬指著獾的臉說：「眉毛。」話一說完，他就跟著雞群走進了屋裡。

獾用一隻爪掌撫過眉毛，並且發誓他看到了一粒塵埃──一粒閃著微光的塵埃──飄浮在他眼前。獾再度走進屋子時，覺得沒有比這更神奇的夜晚了。

這時門鈴響了。

「我去開門！」臭鼬喊道。

# 第七章

「黃——鼠——狼！」臭鼬哇哇大叫。

一聽見「黃鼠狼」三個字，雞群全都嚇得跳起來往高處亂竄。他們匆匆爬上書架，飛奔到石頭後面，把自己塞在墊子底下，或是爬進櫥櫃裡。空氣因為飛揚的雞皮屑變得霧濛濛，隨處可見晃動的羽毛。

獾奔向大門。臭鼬衝回廚房。他倆在走廊相撞。

「砰咚。」

「哎喲！」

然後一切安靜了下來──安靜到獾能聽見羽毛掉落在地板的聲音。

臭鼬用瘋狂的眼神看著獾。他指向門口。「是你的黃鼠狼電報，誰會寄黃鼠狼電報啊？他們在想什麼？我『砰』的一聲就關上門了！」

門鈴響了。

獾毅然決然的點點頭。「我來開門！」

臭鼬跑到他的面前。「別理他，那是一隻黃鼠狼。黃鼠狼不友善！」

獾繞過他身邊。

臭鼬抓住獾的前臂，小聲且生氣的說：「獾，屋裡有雞。」

「我不會邀黃鼠狼進屋的。」獾說著掙脫了臭鼬的爪掌。

臭鼬嚇掉了下巴。他四下張望，然後用兩隻爪

掌摑自己的嘴巴。「大家快躲！」他大聲嚷嚷著跑過角落。

門鈴又鈴鈴——鈴鈴——鈴鈴的響了起來。玀走到門口時想著，不過只是一隻黃鼠狼，玀的塊頭比較大。

他打開大門。「一隻有職務在身的黃鼠狼。」玀邊想邊低頭注視黃鼠狼，細細觀察他的郵包，以及縫在他公司外套上的黃鼠狼快遞服務標章。

「我在找一隻名叫玀的玀。嘿，好貼切的描述啊。這隻玀就是你嗎？」黃鼠狼問。

玀差點翻白眼，但是他忍住了。「就是我。有我的電報嗎？」

「在這裡，在這裡。」黃鼠狼喃喃說著，在郵包裡東挖西找。猝然之間——那動作之迅速，玀幾乎錯過了——黃鼠狼伸手繞到玀的一隻腿後面，從空中抓住一個東西。

「啊！」黃鼠狼瞅著他捏在兩根爪趾之間的東西。

獾覺得臉上血色盡失，黃鼠狼抓到了一根小小的羽毛。

黃鼠狼嗅聞羽毛。「正如我所料——烏骨雞。」黃鼠狼嘴角揚起微笑，還挑起一邊的眉毛。「最近有沒有看到雞啊？」

說完，那隻黃鼠狼便向前俯衝。

獾用膝蓋擋下了黃鼠狼。

黃鼠狼一腳伸進門內。

獾把黃鼠狼向後推，說道：「把獾的電報給我，快呀。」

「氣沖沖，氣沖沖，氣沖沖。不必這樣，電報就在這裡啊。」黃鼠狼順了順他的翻領，這才從郵包裡抽出獾的電報。獾一把奪走黃鼠狼緊握的電報，把它放進口袋，然後抓住門。

黃鼠狼笑著搖了搖頭，遞出一塊寫字夾板。
「請簽收。」

　　玀不想放開門板。他瞇起眼睛看著黃鼠狼。

　　黃鼠狼舉起兩隻爪掌。「什麼也不會做！我保
證！」

　　玀盡可能把門撐住，接過寫字夾板和筆，然後
簽字。玀的字潦草到連他都認不出自己的簽名。他
把寫字夾板朝黃鼠狼的方向一拋，甩上門，然後拉
上門閂。

　　玀掏出口袋裡的電報先瞄一眼。在「寄件人」
的位置，他讀到了「松貂魯拉女士」。他把電報再
次塞回口袋，心裡想著待會兒再看。

　　接著他扣上雙層閂鎖。

　　再掛上鎖鏈。

　　待他轉過身時，屋裡似乎空蕩蕩的。

　　「臭鼬？雞群？哈囉？」玀喊著。

小小的羽毛飄浮在空中。

「黃鼠狼快遞服務的黃鼠狼走了！」

臭鼬的腦袋瓜突然冒了出來。「走了？你確定嗎？」

「那隻黃鼠狼走了。」獾說。

臭鼬跳上走廊，朝左右兩邊張望，然後點了點頭。接著他向前跨出一步，伸出一隻爪掌。「是誰寄黃鼠狼電報給你？讓我瞧瞧！」

獾伸出一隻爪掌，緊緊捂在自己的口袋上。「是魯拉阿姨寄給我的。」

臭鼬的臉色沉了下來。「魯拉阿姨？不會吧！她幹麼這麼做？」

獾攤開兩隻爪掌，聳起眉毛，彷彿這一切是個天大的謎團。

臭鼬垂頭喪氣的說：「我知道為什麼。黃鼠狼屬於鼬鼠家族，不管是哪種鼬鼠，魯拉阿姨都很喜

歡，」接著他又挺起胸膛問：「但是她竟然找黃鼠狼？她怎麼會喜歡黃鼠狼呢？她從沒跟我提到過黃鼠狼，不然我就會給她瞧瞧我的傷疤！」臭鼬捲起袖子，指著上面的一道疤痕。

臭鼬點點頭說：「沒錯，一隻黃鼠狼用他尖尖的小牙齒咬我！而且咬得好快。咬，咬，咬——那就是黃鼠狼！最糟的是什麼呢？」臭鼬拉來一把凳子，爬上去，嘴巴緊貼著獾的耳朵小聲說：「黃鼠狼會把雞拖走，以後你就再也見不到那些雞了。我們必須小心提防！」

臭鼬看著獾並且等待他的回應，眼裡滿是擔憂。

「小心提防？」獾不確定自己喜不喜歡聽到這幾個字。

就在這時，響起了另一種聲音，一種東西被壓扁的咯吱聲。聲音是從他左側的一隻橡膠靴裡發出來的。獾往裡頭一瞧，只見一隻雞抬頭對他眨了眨

眼睛。衣帽架上的一頂護耳冬帽扭動了一下，一隻矮腳雞忽然從中蹦了出來。他抖了抖身子，翩然飄落到地板上。

「雞群！」臭鼬大喊。他跳下凳子，開始衝向角落、邊緣、縫隙和暗處。「你們現在可以出來了！出來，都出來吧！」

就這樣，雞群紛紛探出頭來。澤西大黑雞砰砰走下樓梯。鬥雞拐過一個角落。一隻來亨雞一步一晃的走上走廊時，獾想到了那句話：「行蹤飄忽不定的來亨雞。」

臭鼬四處走動，向雞群打招呼。

獾在找尋那隻橙色小母雞。他瞧見她歇在樓梯底下的那根欄杆支柱上，她縮成一團蓬鬆的橙色毛球，兩顆小小的黑眼珠正在仔細觀察他。

同時，走廊上擠滿了雞：他們覆蓋了整個地板，接著是樓梯、家具，還有一些雞降落在別的雞

身上，看來降落得不太順利。公雞賴瑞飛到走廊上，扯著喉嚨發出一陣「咳——呃，嘟兜——唉克——唉克」的雞啼。

獾猜想這八成是給自己的暗示。他拍了兩下爪掌。「是結束的時候了！套住那個電子，緊抓不放，到量子躍進雞群晚上會去的任何地方！」

獾自以為聰明，最後兩句話還有押韻呢！

他這麼說是為了好玩。

雞群轉過身盯著獾看，左眼，右眼，左眼，瞇眼——眨一下，瞇眼——眨一下。

「量子躍進不是這樣運作的，」臭鼬眼睛閃閃發亮的說：「現在不是開玩笑的時候。蓋上艙門！關牢周邊！所有門鎖都必須閂上！最重要的是，雞群必須留下來過夜。」

「一百隻雞留下來過夜？絕對不行！」

臭鼬憤怒的看了獾一眼。

玀面不改色，繼續說他的。「我這間褐砂石屋不是雞舍。聽著，那隻黃鼠狼是黃鼠狼快遞服務的黃鼠狼，他是一隻有職務在身的黃鼠狼，而且他早就離開了。」

　　臭鼬大步走到玀的面前，雞群不得不爭相走避。「『我這間褐砂石屋？』如果我是你的室友，玀，那這間屋子就是我們的。」臭鼬指著大門說：「你知道我剛才打開大門時看到了什麼嗎？那隻黃鼠狼在舔他的犬齒。我是臭鼬，不是晚餐！」臭鼬逼近玀，「雞是我們的客人！」

　　「波克！」、「波克——波克！」、「波克——波克！」雞群說。

　　「好吧！」玀大聲怒吼，「你要做什麼就做吧，我要去睡覺了。但是你得知道一件事：雞留下來過夜後，我可不幫忙收拾！」

　　玀朝那根欄杆支柱瞥了一眼，發現橙色小母雞

已經不在那裡了。

「波克！波克！」雞群在玃爬上樓梯並且關上房門時這麼說著。

玃在臥室裡聽到響亮的波克聲、拍翅的嗡嗡聲，還有屋裡各處傳來低沉、不安的咯咯聲。

玃滑坐到地板上，不能再這樣繼續下去了。

他想起了一件事：黃鼠狼電報！他拍了拍口袋，摸到那張皺巴巴的紙。魯拉阿姨已經把狀況處理好了，玃只需要讀一讀魯拉阿姨傳來的消息即可。玃從口袋掏出那一團紙，先是撫平，再撕開封口，接著閱讀：

　　玃，我對你頗為失望。臭鼬必須繼續住在我的褐砂石屋裡。一個月後若是仍難以相處，請再與我聯絡。

　　　　　　　　　　　　　　　　　魯拉阿姨

玁猛吸一口氣。她不能這麼做。

他又看了看那張紙。她可以。

玁把訊息讀了第三次。她已經這麼做了。

玁茫然的沿著摺痕摺起電報，從地板上站了起來。他走到書桌前，拉開信件抽屜。他把電報放進去後關上，接著坐到床邊。

魯拉阿姨哪裡知道髒碗盤和自然法則？她哪裡知道踩扁的紙箱和砰砰甩開的門？玁見過火鉗夾著冒煙的甜椒，也聽過卡在耳朵裡的恐怖象鳴。火箭馬鈴薯仍然躺在火箭馬鈴薯的角落裡，廚房也曾滲出水來。

還有那些雞！到處都是雞！「波克──波克」？那才不是一種語言！量子躍進？那豈是科學？更像是荒誕不經的故事。但是現在⋯⋯現在，有一百隻雞要留下來過夜！

重要的岩石研究怎麼辦？重要的岩石研究必須

完成。重要的岩石研究！

全世界都在跟他作對。

玀鑽進了被窩。

———— ◈◈◈ ————

玀在被窩裡躺了大約十五分鐘。

最後玀宣告，據他所知，他的一生就此結束了。他研究過岩石，他曾是從事重要岩石研究的科學家，他有文憑，有三條藍絲帶和一個出版檔案。他曾經過著獨自一人的生活，但是一切都就此結束了，就在這裡，在他的被窩裡。

玀在被窩裡又躺了一會兒，然後他做了需要做的事。他爬到衣櫥前面拉出烏克麗麗，接著撥弄琴弦。

噗鈴鈴鈴。

他的爪子刷過琴弦。嗶⋯⋯哎喲⋯⋯哩⋯⋯

賓！

　不久，一支小曲成形了。

　當臭鼬和雞群鎖上窗子、閂上門鎖時，獾捧著他的烏克麗麗坐在臥室地板上，那支小曲漸漸長大。

　獾換上睡衣褲，抱著他的烏克麗麗上床。他一邊彈著那支小曲，一邊想著，「或許這樣也不賴，且看明天會有什麼發展吧。」

　他彈完小曲之後，便把烏克麗麗放回琴盒，再將它滑到床舖底下。他順了順被子，覺得眼皮沉重起來。

　「這就是烏克麗麗的力量。」獾關燈時這麼想著。

　長嘆一口氣之後，獾睡著了。

# 第八章

　　隔天一大早，後門廊的聲音吵醒了睡夢中的
獾。起先是低沉的聲音，緊跟著的簡短回答是臭鼬
的聲音。獾抓著他的枕頭嘀咕，「這麼早就有人跑
來串門子。」然後低沉的聲音說話了，獾聽出那冷
酷聲音中的狂妄自大，這使他想起了一個人，一個
最近見過的人，一個認識不久的人。他慢吞吞的挖
掘自己的記憶，想起了那隻黃鼠狼。惹人生氣，太
過自信滿滿。沒錯，就是他。獾嘆著氣拉起被子，
漸漸又昏昏欲睡。

臭鼬的聲音變得尖銳起來，音調更高，嗓門也更大了。

所有拼圖碎片都落到了正確的位置，是黃鼠狼快遞服務的那隻黃鼠狼。天啊！滿屋子的雞。天啊！雞的朋友臭鼬。天啊！

獾從枕頭上抬起一隻耳朵，想聽聽看臭鼬的語氣。防衛狀態，這絕對是防衛狀態。臭鼬是一隻臭鼬，處於防衛狀態的臭鼬會⋯⋯

獾從床上坐了起來。

「不————————————要！」獾大聲嚷嚷著衝出臥室房門，雞群嚇得四處飛竄。「不————————————要！」獾一邊哇哇大叫，一邊歪歪斜斜的衝下樓梯、奔過走廊，來到了後門。

獾使勁甩開門，看見臭鼬露出滿口牙齒，嘴唇向後翻起，尾巴豎得挺直！「不————————要！」

不—————————————要！

事後回想起來，玀認為撲向臭鼬絕非最佳策略，尤其是在他瞥見那隻黃鼠狼的屁股朝反方向奔逃的當下。再說了，他怎麼會沒聽見噴臭液的嘶嘶聲呢？

　　但是現在管不了那麼多了。玀一個勁兒的狂吼：「不───────要！」接著縱身一躍、四肢伸展，朝臭鼬飛撲過去。時間變慢了，那沖天一飛似乎飛得沒完沒了。玀看見臭鼬發現自己時走到了旁邊。

　　頃刻間，玀被噴液射中了，儘管他對臭鼬的味道並不陌生，不過玀從來不曾被噴得渾身溼淋淋。而且這次淋浴是臭兮兮、油膩膩的噴液淋在身上，那股臭味撲面而來。他的鼻子、他毛茸茸的臉、他眉毛上的細毛，全都像塗上一層釉似的閃閃發亮。

　　玀的身體縮成了一顆球，然後墜落。

　　接著他慢慢停止滑行，最後總算停住了。

玀躺在門廊上咳嗽，氣喘吁吁的想吸一大口乾淨、清新的空氣，可是並沒有立即如願。他的眼睛淚汪汪，鼻子顫抖著流鼻水。玀用毛茸茸的前臂擦拭眼睛和鼻子，可惜一點用也沒有。全身都溼答答的。「我是個水龍頭！」他用前臂捂著鼻子時這麼想著，然後硬著頭皮坐起來。

　　臭鼬靠到玀身邊，兩隻爪子搭在膝蓋上喘著粗氣。然後臭鼬挺直身體，伸了個懶腰，把脖子扭向一邊，再扭向另一邊。

　　玀目瞪口呆的看著自己的鼻子到前臂。他看不出臭鼬有任何的不良反應，一點也沒有！臭鼬用兩根爪趾梳理身上的條紋，同時遙望後院和更遠的小巷。他抖了抖四肢，然後轉頭對玀小聲說：「我不想再跟那隻黃鼠狼碰面。」說完，他的臉上泛起笑容。「玀，你看見噴液了嗎？太驚心動魄了！黃鼠狼再見！哈！」臭鼬閉上眼睛跳起舞來，兩隻爪掌

往空中猛擊。

「咳！咳！咳呃咳！」玀對著他的前臂咳嗽。

「雞群，警報解除。黃鼠狼跑了，黃鼠狼轉身逃跑了。是的，他跑了，是的，他跑了！」

玀抬起頭，看見臭鼬站在後門。

廚房裡傳來一種非常酷似起立鼓掌的聲音，玀知道那不過是一百隻雞一起拍打翅膀的聲音。儘管如此，玀還是忍不住畏縮了一下，他憤怒的用溼透的前臂擦了擦他的鼻子。

臭鼬關上後門，眉開眼笑的他和玀的目光相遇，然後聳了聳肩。「這股餘香會持續好一陣子，久久不散，可是你看它的效果多好啊！玀，現在一切都好極了，」臭鼬撢了撢爪掌上的灰塵，「我需要去打個長長的盹。」

好極了？餘香？打盹的時候到了？臭味在空氣中飄蕩，瀰漫向四面八方。那是臭雞蛋、久放的咖

啡，以及垃圾底部、蘑菇狀沾黏物的味道。它像辣椒似的發燙，檸檬似的起皺。玃浸泡在臭液裡面，飛身穿越其中，現在他的身上就帶著那股臭味。

「你需要解釋一下。」玃咆哮。

臭鼬縮起身體，驚訝的注視玃。「我去看看雞群的狀況。」他迅速的說完就走，並且「砰」的關上了門。

玃獨自一人。

他坐在濃烈嗆人的惡臭中悶得頭昏腦脹。最後，他勉強從門廊地板上站起來，跟隨臭鼬走進屋子。他隨手抓起一條乾抹布，把鼻涕擤在裡面。「噗——吐嗚嗚，噗——噗。」擤完鼻涕後，他擦乾身體，接著把抹布摀在鼻子上，這才注意到廚房裡寂靜無聲。他抬頭一看。

廚房裡要容納一百隻雞並不容易，只見雞隻已各自成群，到處都是洪水泛濫似的雞群。看哪，長

了羽毛的生命！玀看見的不是廚房，而是類似熱帶雞森林中的一個雞生物群系。每個物體表面都冒出了羽毛，櫥櫃也到處插著羽毛管。直角變得柔軟，而且還會搧風，但這可不是植物——這是動物。此時這個雞生物群系，用他們的兩百隻眼睛，右眼，左眼，右眼，眨眼，眨眼，觀察著玀的一舉一動。

一個聲音引起了他的注意。

滴、滴、滴。

玀循著聲音看到臭鼬站在流理臺前，手裡拿著一個勺子。他身邊的流理臺上擺了一碗麵糊和一個方形小器具，那個小器具閃著紅燈，一坨麵糊似的黏稠物從勺子裡墜落。

滴。

玀兩眼盯著臭鼬，走向流理臺。

臭鼬回頭看時嚇了一跳。「哦，玀，你來了。你在這裡。早安，不對，不平安，不過現在是早

上，這部分倒是沒錯，」麵糊滴答一聲倒在流理臺上，「你要吃一片格子鬆餅嗎？我們在吃格子鬆餅。」臭鼬對獾微微一笑。

三隻斑點母雞從林下葉層走出來。獾看見地板上有一盤格子鬆餅，其中一隻雞往獾的方向踢了一片，那片鬆餅從盤子上滑了出去。

「波克？」那隻母雞瞅著他，右眼，左眼，右眼。

臭鼬急忙取走那片鬆餅。「我再給你做新鮮的鬆餅。今天早上雞群一直在啄他們的鬆餅，以目前的狀況看來，這也是可以理解的。」

可以理解？獾氣得朝著抹布吹了一口氣，這才發覺空氣裡充滿了羽毛。雞群在屋裡過了一夜，現在雞群和雞毛這些亂七八糟的東西占滿了他的廚房。麵糊還在滴！接著獾聞到了自己身上的味道，熏得他差點昏倒。

半昏迷時，獾往角落一瞥，然後看見了它——那顆火箭馬鈴薯！

　　「你欠我一個道歉。」獾惡聲惡氣的說。

　　臭鼬搖了搖頭。「道歉？為什麼？獾，我不認為問題出在我身上，」他指向門廊，「今天一早，黃鼠狼快遞服務的那隻黃鼠狼，就在我們家的後花園。我告訴那隻黃鼠狼他一點也不受歡迎，我跟黃鼠狼說他的工作是遞送電報然後離開，他卻不肯走，而且他已經在那裡待了一整夜！他露出滿口尖牙說出重點：除非我送他一隻雞他才肯走。送他一隻雞？送他？這裡的雞群都是獨立自主的雞，沒人可以送誰一隻雞！」

　　「波克！」、「波克——波克！」四隻矮腳雞驚叫著大步走過地板。

　　「不客氣。」臭鼬低聲回應。

　　獾揮舞他的爪子和抓在爪掌裡溼抹布。「不，

這樣不行。你汙染了我工作的場所，到處髒兮兮的，滿地都是雞糞，你還在我的褐砂石屋裡噴臭液！」

臭鼬對獾皺著眉頭。「嚴格說起來，這是魯拉阿姨的褐砂石屋，而且我也沒有把臭液噴在屋子裡，我是噴在後門廊上——那裡吹著清新的微風！」

「你噴了。大家都知道臭鼬的臭屁多麼可鄙、骯髒、令人厭惡。你本來可以叫醒我的，你怎麼沒叫醒我？我才不怕一隻小小的黃鼠狼！」獾低頭怒眼瞪視臭鼬。

臭鼬的尾巴開始像鞭子似的甩來甩去，他朝獾前進一步。「好吧，讓我告訴你事情的經過。今天早上我告訴自己：『臭鼬，獾說得對，是你心中充滿了恐懼。黃鼠狼快遞服務的那隻黃鼠狼有工作在身，他不可能還在後花園裡。』可是我得先搞清楚

黃鼠狼確實已經離開，才能讓雞群回家，所以我就獨自走出去看看，就我一個人！我說獾啊，等你站在黃鼠狼面前才叫獾來幫忙，那時已經太晚了！」

一團團羽毛發出噗噗聲，他們的尖喙和盯視的眼睛不停右、左、右的移動，讓獾覺得好擁擠。

臭鼬繼續說下去，眼睛冒出火光。「那隻牙齒尖尖的黃鼠狼朝我走過來，我叫他站住，仔細看清楚我的尾巴。相信我，他明明知道會發生什麼事！更何況──我要特別強調──考慮到那隻黃鼠狼毫髮無傷，頂多落了個渾身發臭的份上，其實噴臭液並不太糟，不然那隻黃鼠狼也不可能讓我好過。我能脫身已經算是走運了！因此沒錯，屋子是很臭，沒錯，你也很臭，但是我們的客人安全無恙，我安全無恙，那隻黃鼠狼也變得更聰明了。我為臭味感到抱歉，但是臭味總會消散的，獾。」

獾發覺這就是臭鼬的道歉時，喉嚨裡湧出了

「嗝兒兒兒」的聲音。

可是沒人聽見這個聲響。雞群爆出一陣刺耳的嘎嘎叫，他們拍動翅膀飛離地板，掀起一團雞皮屑飛揚，聽起來頗像是第二輪鼓掌。

「你噴了我一身。」獾說。

「那不是我的錯，誰叫你要撲過來！」臭鼬回答。

獾咬牙切齒，用抹布擦了一下他淚水滴個不停的眼睛，嘴裡嘟囔著：「他們居然會納悶為什麼沒人願意跟他們住在一起？臭鼬真是討厭的動物！」

廚房裡頓時安靜無聲。

臭鼬哼了一聲，說話的聲音變得很微弱。「剛才你說我是討厭的動物？」

獾變得侷促不安。

可是他的道歉呢？

獾沒說話。他瞧見那隻橙色小母雞，她似乎在

迴避他的目光。

　　臭鼬瞇眼瞅著獾，然後眨了眨眼，彷彿被眼前的景象燙傷了。接著臭鼬開始用爪子算起數學。「可鄙、骯髒、令人厭惡，」他咕噥著，伸出了三根爪趾，「搞破壞、玷汙，」他伸出另外兩根爪趾，「討厭的動物。」他說。現在兩隻爪掌已伸出了六根。「臭鼬往往受到相同的看待，而且還有別的辱罵，」臭鼬凝視自己的爪子，「八根爪趾。」他喃喃說著垂下了肩膀。

　　臭鼬抬頭看著獾，然後點了點頭。「你認為我是有害的動物，你認為這個世界少了臭鼬會更好。」

　　獾搖了搖頭。「我沒那麼說！」

　　「你說了。我把你說過的話統統加在一起：討厭、汙染、搞破壞、可鄙、令人厭惡、骯髒，而且你說的臭鼬指的是所有臭鼬，那是以偏概全的辱

罵。這些種種加起來，就是有害動物的定義。」臭鼬說完，使勁的點了點頭。

「我才不會這麼說！」

可是臭鼬似乎再也聽不見他說的話了。

「現在只有一件事可做了。」臭鼬說著離開了廚房。

「波克？」澤西大黑雞說。

臭鼬的「一件事」沒花多久時間，不過是擤個鼻子，用抹布擦一下眼睛的工夫就完成了。臭鼬站在廚房裡，一隻爪子拎著綁了繩子的紅色手提箱，另一隻爪子裡是要交給獾的鑰匙。

獾把鑰匙接了過去。

臭鼬握了握獾的爪掌。「很高興認識你，我從魯拉阿姨那裡聽說過許多關於你的事。」

獾想也沒想，就客氣的說：「或許我們改天還會見面？」

臭鼬搖了搖頭，接著別開目光。「我懷疑會有這一天。不喜歡臭鼬的動物真的就是不喜歡，不是每個人都想跟臭鼬同住。」

　　「喔，那麼再見了？」獾說。

　　臭鼬低下了頭。「再見。」

　　雞群和臭鼬一起走了。獾在門廊目送他們離去，他擤了鼻子，擦掉淚水。帶頭離開的就是臭鼬，一隻黑白相間的小動物，拎著一個用麻繩綁牢的紅色手提箱。雞群跟在他的身後，小巷裡擠滿了一簇簇羽毛、紅色的肉垂，還有黃色的腿和拍動的翅膀。

　　獾心想，「難道這不是你要的嗎？」

# 第九章

獾獨自待在褐砂石屋裡，小羽毛在空中來回旋轉。屋子裡很臭，他的身上也很臭

獾衝到樓上的浴室，用力刷洗整顆腦袋。

用大毛巾擦乾水珠時，獾注意到自己仍然穿著睡衣睡褲。他本來很想洗個澡、換身衣服，但是現在他的頭已經用肥皂清洗乾淨，他似乎就沒那麼在意身上的味道了。「得先做要緊的事。」獾來到臥室寫信。

獾在書桌前坐下，拿出一張信紙，然後動筆書

寫。「親愛的魯拉阿姨。」

　　他輕敲鉛筆。「一定要通知魯拉阿姨才行——臭鼬噴了臭液！」他這麼告訴自己，「此外，也必須提到臭鼬搬出去的事與我無關。」

　　「你認為我是有害動物。」玀聽見臭鼬在他腦子裡說。

　　「可是我沒說那幾個字！」玀大聲抗議。他憤怒得草草寫下「親愛的魯拉阿姨」這幾個字。

　　寫完，他發現自己已經寫過這個了。「真是亂七八糟！」

　　玀丟下鉛筆，揉皺信紙，然後咚的一聲翻開他的字典。他翻到字母V，再用爪趾翻到下一頁。他停在解釋「有害動物（vermin）」的頁面上，隨即埋頭讀了起來。

　　玀邊讀邊想。

　　他再讀一遍定義，接著想了想。

然後獾慢慢闔上字典，發出一聲長長的低沉嘆息。

「我必須和臭鼬說個話！現在就說！」獾站起來，一把抓起屋子的鑰匙。在出門之前，他穿上一件外套。

獾在屋子門口的臺階上停住。他望向左邊，那是臭鼬和雞群離開的方向，可是那條路只能走到奎格利公園。去公園？不太可能！現在似乎不是娛樂和休閒的時候。

獾望向右邊，北推斯特鎮向四面八方延伸。什麼時候北推斯特變這麼大啦？鎮上向來有這麼多家商店嗎？那是不是一間旅館？獾以前從未注意到那間「雙骰子遊戲店」，或是那間有個「書」字招牌的書店，或是那塊「現做熱派餅」的招牌。

現做熱派餅？獾驚訝的再看了一眼。果然沒錯，蛋與蔬食者餐廳的窗戶上，熱派餅的招牌閃爍

著。他怎麼會錯過派餅呢？

「起碼我認得蛤蟆波西的雜貨店。」獾心想。是的，他知道波西的雜貨店。獾每星期二都會來這家雜貨店，在同樣的三個走道來回推著推車，裝滿同樣的十四件商品。在收銀臺前，獾會對波西說：「你好。」然後用剛剛好的零錢付帳。波西會回答他的招呼，但是不管他說什麼，獾都當作沒聽見，因為他的心思都放在重要的岩石研究上。每當他走在回到褐砂石屋的人行道上時，他總是告訴自己「專注，專注，專注」。

可是現在，獾搖頭想著，「我不熟悉北推斯特，這樣可能會有點困難。我怎麼知道該從哪裡找起？」獾回想著他對臭鼬的了解：臭鼬有個用麻繩綁牢的紅色手提箱。手提箱裡有一套睡衣、一本故事書和一個雞哨子。臭鼬喜歡做料理，臭鼬喜歡雞。

問題在於我不熟北推斯特。

雞！雞一定知道哪裡可以找到臭鼬。

獾東張西望，但是這個方向或那個方向都沒看到雞，就連另一個方向也是。

然後獾注意到，書店招牌的書字上方有個草書字體。獾再看了一眼。「哈哈！」書店招牌上寫的是雞書店！

獾一步一跳躍的走下褐砂石屋的臺階。

<hr />

雞書店有兩個球形門把，一個門把設定在雞的高度，獾握住比較高的門把。

「喔喔——嘟都——賓。」他推門的時候響起了公雞的啼叫聲。

「噢。」獾跨入書店時說。雞書店感覺像是一個放了圖書的密封式容器，書籍在陽光照射的長桌上一字排開。書籍圍繞著牆壁陳列，獾渴望的伸展

四肢，啜飲那溫暖的空氣，然後在岩石類書籍區挑了一本石頭書，再找張椅子坐下來閱讀。

不過現在不是有空閒讀書的時候。玀環視了一下書店，店裡有一頭豬和一隻野兔俯身在讀一本書；兩隻烏鴉停在展示書架的上方；一隻田鼠在一張桌子底下讀書，那個書籍區是這麼標示的：獻給我們最小的讀者——最小但絕非最後。

「沒看見雞。」他想。

玀在書店內繞了一圈。一隻信鴿停在憂天小雞大英雄書區。小雞童書區有個招牌寫著：「禁得起任何一隻小雞百般折騰的硬頁童書！」可是小雞童書區沒有半隻小雞，只有兩頭小豬在打打鬧鬧。玀覺得好奇怪，店裡怎麼沒有店員過來打招呼？或是停下來詢問他是否需要幫忙找書？店員到底在哪裡？除此之外，所有顧客都在專心看書。

最後玀來到了收銀臺，這裡也沒見到雞。

老式收銀機上方有個牌子寫著「在此買書及回答問題」。「在此」兩個字的底下，有個箭頭指著另一個較小的招牌。玃彎腰閱讀，上面寫著「寫下你的問題，然後買書」。招牌旁放了一截粗粗短短的鉛筆，還有一堆便條紙。

　　收銀機另一邊是一疊名片。玃拿起其中一張，「雞書店的所有者與經營者是雞，以母雞認為適合的方式經營」。他環顧四周，雞到底在哪裡？

　　玃聽見翻閱報紙的沙沙聲。他轉過身去，看到一隻頭戴蘇格蘭圓扁帽的刺蝟，從《新犎牛時報》書評版後面偷看。他們的目光相遇了。刺蝟抖了抖報紙，他的頭意味深長的歪向他正在讀的內容，然後消失在書評版後面。

　　玃輕敲了一下報紙。「抱歉打擾了，請問你知不知道哪裡可以找到店員或是一隻雞？」

　　刺蝟放下報紙。「你是玃，對吧？就是住在松

貂魯拉那棟褐砂石屋裡的獾？」

「是的。」獾驚訝的回答。

「雞群以為你會把他們交給一隻黃鼠狼。」刺蝟說著把圓扁帽的邊緣往上頂了頂，並且調整一下他的老花眼鏡。

「你說什麼？」獾眨著眼睛問。

「你一定聽懂了我的意思，」刺蝟說：「我們全都聽說了，也聞到了！你身上已經沾惹到無可辯駁的臭味，因此我得到一個結論。獾，你想必就是那隻獾。」刺蝟把《新犁牛時報》書評翻了一頁。

「噢⋯⋯噢⋯⋯我明白了。」獾驚恐的掃視四周。野兔別開目光檢查他的爪子，接著拿起一本平裝書。那頭豬將鼻子用力抵著一本攤開的精裝書。當獾回頭面向頭戴蘇格蘭圓扁帽的刺蝟時，才發現他已經走了，留下皺巴巴的書評版躺在地上，上頭沾滿了小爪印。

161

獾想到橙色小母雞，不禁畏縮了一下。

　　他張開嘴，先是望向這邊，接著再望向那邊，然後……逃之夭夭。

　　「喔喔──嘟都──賓。」

— ·⊕·⊕· —

　　他們知道了，大家都知道。

　　獾發現雞書店的拐角處有張長凳，於是急忙跑過去。他無力的在長凳上坐下，把腦袋埋在膝蓋之間。直到這一刻，他才注意到自己出門時穿著睡衣──就是那套特別充滿活力的鋤頭及炸藥睡衣。

　　「不，不，不。」只有在惡夢裡，才會穿著睡衣出現在公共場所。

　　獾開始在腦中列出最近發生的事：雞群以為獾會把他們交給一隻黃鼠狼。獾罵臭鼬那些難聽的話，意思加總起來就是「有害動物」。還有為了回

覆獾的來信，魯拉阿姨寄來一封黃鼠狼電報。所以
這一切麻煩是誰惹出來的？獾，獾，獾。

　　這是一場惡夢，最糟糕的那一種——他自己招
來、惹來的惡夢。

　　獾想到那隻橙色小母雞，想到來亨雞、奧平頓
雞，還有外夕凡尼亞裸頸雞。賴瑞！獾想起臭鼬用
一隻爪子拎著以麻繩綑綁的紅色手提箱。「不是每
個人都想跟臭鼬同住。」臭鼬這麼說過。

　　獾把頭埋進爪子裡。他的心好痛。

———◈×◈———

　　幾分鐘後，獾擦了擦眼睛站起來。他願意道
歉，他願意試試看能不能彌補自己不當的行為。但
是他得先找到臭鼬，或是找到雞群，或是找到臭鼬
和雞群。

　　對街是一家旅館，說不定臭鼬有訂下一個房

163

間。

　這個主意不錯，可是玀沒有穿過馬路，而是站在路邊盯著旅館。他有一股強烈的衝動，想要奔回褐砂石屋，然後絕不、永不、永遠也不邁出大門一步。

　最後玀想到一件事：如果人人都知道我做了什麼，那就沒什麼好躲藏了。

　但是他現在穿著那套有鋤頭和炸藥圖案的睡衣。

　「起碼這套睡衣沒有束縛感又挺吸汗的。」他告訴自己。

　他的睡衣臭死了。

　「我肯定不是第一個穿著臭睡衣的動物！」

　一念及此，玀走下人行道，穿過馬路。

旅館接待櫃臺的田鼠說臭鼬來過，還講了一隻兔子用店裡的吸塵器，把一名魔術師吸進他大禮帽裡的故事：「咻咻咻咻咻咻咻啪！魔術師不見了！」不過臭鼬沒有住進扭扭旅館。

　　「嘿，你知道雞群以為你會把他們交給一隻黃鼠狼嗎？」田鼠在獾離開時詢問。

　　獾急忙把門帶上。

———◆◆◆———

　　「對喔，那隻鞋號角臭鼬！」雙骰子遊戲店的火蠑螈說。他一巴掌拍在軟綿綿的膝蓋上。「臭鼬說他想要鞋號角，然後邁開大步到處走，肘部向外伸，每走一步就叭叭響。接著他又說：『還是那種東西只能跟挨家挨戶推銷的動物買？』我告訴他鞋號角就是鞋拔，結果他一聽大受打擊，大、受、打、擊。他說：『鞋拔是我這輩子聽過最令人失望

165

的詞彙！』我不得不同意他的看法。」

　　那天上午，火蠑螈沒有見到臭鼬。

　　獾準備離開時，火蠑螈緊緊抓住獾的前臂。「你有沒有聽說雞群是怎麼想的？」他問。

　　「聽說了，我知道雞群是怎麼想的！」獾一說完，便甩掉前臂的束縛。

　　「祝你有個美好的一天！」獾衝出店門時，火蠑螈對他這麼喊道。

—— ⊰✦⊱ ——

　　獾整個上午都在尋找臭鼬和雞群。他在人行道上走來走去，他在一家家店舖走進走出。他與店員談話，停下來請教購物的顧客。跟他說話的動物都在冷眼觀察他，因為他身上發臭，而且還穿著睡衣。他們對獾說出他們覺得獾的行為舉止很差勁，並且提出建議。如何道歉是個很受歡迎的話題：

「你必須聽到自己大聲說出『對不起』。」一隻啄木鳥說。另一隻棕色蝙蝠補充：「不要說『對不起，可是這個……』或是『對不起，可是那個……』」「一定要傾聽。」一隻箱龜低聲說。所有動物都會問他知不知道雞群的想法？他知道！他知道！獾嘆了一口氣——是的，而且他有充分的理由。

　　不過到了最後——經歷過這一切——獾仍然沒有找到臭鼬或任何一隻雞，事情沒有絲毫進展。

——◦◦◦——

　　終於，時間到了下午兩點，獾發現自己盯著蛋與蔬食者餐廳的現做熱派餅霓虹招牌，而且看得目不轉睛。他懷疑自己盯著它看的動機，不純粹只是為了招牌上提供的訊息。

　　緊接著，他注意到餐廳的名字，心想：「蛋與蔬食者……蛋……是的，蛋……」

167

他想到什麼便說了出來：「奎格利的英文拼寫是Queggly，裡頭的egg就是蛋。」奎格利山公園！

「值得一試。」獾心想。

他迅速的在蛋與蔬食者餐廳買了一個熱呼呼的爪子派餅，心想，「嘿，那位服務生是隻雌獾嗎？」然後就走了。

不過在上山之前，獾需要先返回褐砂石屋做些準備。

# 第十章

回到褐砂石屋，獾一打開大門，一股悶在室內的臭鼬噴液臭味便撲面而來。「真是亂七八糟！」獾揮舞雙爪，屏住呼吸。他要做他必須做的事，而且動作要快。

他在廚房做了一份給雞的禮物，然後把它舀進一個紙袋。接著他小跑步到衣帽間，他在那裡準備了一個隨時可以出門尋覓岩石的背包，背包裡有安全帽、護目鏡、工具腰帶、萬用小刀、鑿子、榔頭、標本袋、手電筒、吊著掛繩的手持鏡頭、筆型

吸鐵器、指南針、兩根點心棒、一個裝滿水的瓶子，還有一把防水烏克麗麗。玀把要給雞的禮物塞到背包最上方，再把背包甩到背上，隨即離開了屋子。

上山途中，玀吃掉了蛋與蔬食者餐廳的爪子派餅。「美味極了！」玀邊想邊舔著流淌在爪趾間黏糊糊的肉桂蘋果。他沿著人行道走路時吹著口哨。「我得多出門走走，走更多路！吃更多派餅！」

三十分鐘後，玀在山頂停下腳步。玀面前有個拱門上寫著「奎格利山公園」，他仔細檢查每一個字。「蛋，奎格利山英文拼寫中的egg絕對是蛋。」玀走過拱門進入公園。

———

玀立刻喜歡上了奎格利山公園。「為什麼我從沒上來過這裡？」他很納悶。奎格利山公園擁有美

好一天所需的一切。獾清點公園的設備：一張野餐桌、一組三個的鞦韆架很適合比賽！一個蹺蹺板、一個溜滑梯，還有一個用來抽水的泵浦。公園裡還種植了適宜的樹木：這裡是枝幹粗壯、可供攀爬的大樹，那邊有大片成蔭的綠樹，光滑的樹幹最適合讀書，還有一塊巨石！獾向來偏好有巨石的公園。他拍了拍那塊巨石，感受它的涼意，不禁點頭讚賞。「這是花崗岩。」

然而有個問題。「這裡沒有雞。」

獾東看西瞧，比看不到雞更糟糕的是，整個奎格利山公園空蕩蕩的，他甚至找不到可以詢問的對象。大家都上哪裡去啦？

「哈囉？雞群？哈囉？我是來道歉的。」獾大聲喊。

一陣風吹過獾的腳踝。

「哈囉？有人在嗎？」

公園內沒有鳥鳴，沒有相互責罵的松鼠，甚至沒聽見哪個動物踢起一堆落葉或是吃點心的聲音！

獲慢慢轉了一圈，發現自己看完了整個奎格利山公園。這個過程大概花了他整整三分鐘，奎格利山公園的規模很小。

可是獲不打算放棄。「我已經找到石頭了，我也會找到雞群。」他拽下尋石探險背包，把它放在野餐桌上，接著拉開拉鍊。他繫上工具腰帶、戴上護目鏡和安全帽，然後幹起活來。

獲仔細檢查。他刮了又篩，嗅聞兩下又試探性的嘗了一嘗。光束從他的手電筒射出，他在落葉周圍七戳八戳，翻開石頭，還跟蜷縮身體的潮蟲講話。他用手持鏡頭鑒定風信子、延齡草和血根草，所有蜘蛛網也被他詳細檢查過一遍。

最後，獲摘掉他的硬殼安全帽和護目鏡，再把標本袋裡的東西抖落到野餐桌上。

兩根小樹枝，還有五塊泥土。

「就這些啊？」他厭惡的說。現場沒有發現一丁點雞的跡象：沒有雞皮屑，沒有雞毛，沒有雞哨子，沒有鞋盒，沒有故事書，沒有雞書店開的收據。玃正打算一掌掃掉巨石上所有亂七八糟的東西，卻忽然瞥見有個東西從一團土塊裡凸出來，看起來有點像是雞絨毛。

他掰開那團土塊，再捏起來細細查看。雞絨毛閃著微光的樣子，有幾分近似橙色。

「這有可能嗎？」玃伸手拿他的手持鏡頭，可惜一陣風吹走了雞絨毛。

「不要！」玃哇哇大叫，一拳重重打在野餐桌上。

他坐到野餐長凳上，用一隻爪掌撫過身上的條紋。「想，想，想。」他告訴自己。

但是一點用也沒有，玃的點子已經用光了，完

蛋了。玀站起身，慢慢將他的尋石裝備收到背包裡。他在收拾的時候，爪掌擦過那只紙袋。

玀抽出紙袋盯著它看。「我有什麼好損失的？」

一點損失也沒有。玀做了決定，背上背包開始行動。他把爪掌伸進紙袋，抓了滿滿一把向外拋。

爆米花飛了出去。

「來吧，小雞、小雞。來這裡，小雞、小雞、小雞。」他呼喊著。

他再次把爪掌伸進袋子，然後拋出滿滿一大把爆米花。「來啊，小雞！」

他四下張望。沒有雞，這裡一隻雞也沒有。

玀喊得更大聲了。「小雞，小雞，小雞，來這裡喲。」他往空中拋了滿滿一大把爆米花。

他又看了看，沒有雞。

「小雞？小雞？小雞咿咿咿——咿咿！」他把爆米花拋向左邊，拋向右邊，接著又拋向右邊，拋

向左邊。他蹦蹦跳跳的繞著溜滑梯轉，而且邊跳邊拋爆米花。「小雞，小雞，來這裡呀！」他把肚皮放在鞦韆座椅上盪來盪去，一邊丟爆米花 一邊來回擺盪。「爆米花來囉，小雞！」他跳上野餐桌。「來呀，小雞！」他盪著鞦韆，又將滿滿一把爆米花向上、向上、向上拋。「小雞啊小雞，爆米花！」他彈起、跳躍、旋轉、拋丟，絆倒後又繼續拋丟，然後再次蹦跳起來。

最後袋子空了。「還有嗎？還有嗎？還有嗎？」一粒沒爆開的玉米擊中獲的右腳。

還是沒看到雞。

沒有，零。

「我在想什麼啊？只因為奎格利的英文拼法是Queggly，中間夾了一個蛋（egg）的拼寫，但這並不代表這裡一定找得到雞。」

獲走向巨石。他雙膝跪地，拽下背上的背包。

他撲通一聲往後仰，張開四肢，像英文字母 X 一樣仰躺在巨石上。

———— ◆◆◆ ————

過了好半晌，玀才坐起身來。他揉揉膝蓋，再揉揉肩膀，然後想著，「臭鼬說得對，石頭好硬」。

玀看著眼前的風景，感覺就像是在看一幅插畫。大自然先用鉛筆打好底稿，然後塗上鮮豔的綠色，其中還有被山丘環繞的北推斯特，一叢叢樹木隆起，穿插著一條條花邊似的人行道和步道。一條小溪蜿蜒流過玀左邊的田野，玀的右邊則是褐砂石排屋，再過去是平房，更過去是色彩狂野的維多利亞式房屋，每一戶的門廊上都擺了搖搖椅。

玀很好奇，如果臭鼬在這裡，不曉得他會說什麼話。

「哈！」玀相當清楚臭鼬會說什麼。臭鼬會指

著眼前的風景說：「看哪，獾，你就住在那邊。」

　　於是獾用臭鼬看風景的方式欣賞眼前的景致。他找到了魯拉阿姨的褐砂石屋，他看到了街道對面的草地，他追溯自己走過的部分路線──從雞書店到扭扭旅館再到雙骰子遊戲店。

　　現做熱派餅的招牌仍然亮著。獾想，「我應該帶臭鼬去吃幾個爪子派餅才對！」

　　接著，獾才發覺這件事永遠也不會發生，他甚至沒有機會跟臭鼬道歉──反正今天是做不到了。

　　太陽即將落下。

　　他失敗了。

　　獾擦了擦眼睛，擤一下鼻子。他的所作所為太差勁了。他說了一些話，做了一些事，也沒有做一些事。他的行為暴露出關於自己的一些真相，雖然他寧可不知道，但現在他知道了。他應該要改變，但他是一隻積習難改的獾，所以很可能過不久又會

犯老毛病，一樣壞習慣也沒改掉。

「但是我非改不可。」

他盯著北推斯特的景色看了老半天，接著把尋石探險背包拉到身邊，拿出他的防水烏克麗麗。他把烏克麗麗夾在左肘底下，舉起右爪掌彈奏起來。「嗶──哎喲──哩──賓！」

他再次彈奏相同的旋律。「嗶──哎喲──哩──賓！」

然後，烏克麗麗的音量變大，獾的爪子開始在琴弦上飛跳。烏克麗麗的琴音錚錚鏦鏦的響，獾唱起歌來，唱著唱著更是大聲嘶吼：

咿嗚哩，咿嗚哩嗎叩，
咿嗚哩，咿嗚哩嗎叩，
叩嗎喀，叩哩嗎，
咪叩嘰諾咿咿咿咿咿咿咿咿咿咿咿咿咿咿咿

咿咿咿咿咿咿咿……

　　這是 C7 和弦，這個和弦漸漸走向歌曲的結尾，可是獾還不想結束，不想唱完，也不想唱別的，於是獾繼續唱著咿咿咿咿咿咿咿咿咿咿，緊緊抓住那個音符，並且撥著 C7 和弦。

　　「咿咿咿咿咿咿咿咿咿咿咿咿咿咿……」

　　天空已變成紅色，呈現出杏桃紅、南瓜紅、胡蘿蔔紅和珊瑚紅。北推斯特閃爍著金黃色的光芒。

　　「咿咿咿咿咿咿咿咿咿咿……咿咿咿咿咿咿咿……咿咿咿……」

　　獾肺部的空氣要耗盡了，但他的爪趾仍用力刷過琴弦：C7、C7、C7，嘴裡也唱著：

　　「咿咿咿咿咿咿咿咿咿咿……咿咿咿……咿咿咿咿咿咿咿……咿咿咿……」

　　獾看見一顆星星，然後是兩顆。

「咿咿……咿咿……咿……咿咿咿咿……咿咿咿……」

C7……C7……C7……

「咿阿羅哈麥！G7！C7！F！」他的背後傳來一聲大喊。

# 第十一章

「烏克麗麗是世界上最美的樂器！」

貜認得那個聲音。他一躍而起。

「臭鼬？」

臭鼬一看見貜便向後退。「噢，糟糕。」他說著轉過身，抬腳就要往另一個方向走。

「等等！我一直在到處找你。」貜大喊。

臭鼬的背僵住了。他慢慢的轉身，雖然心中煩躁不安，卻站在原地沒動，而且他站得很遠。

為了確保臭鼬可以聽到，貜大聲的喊：「我為

我的行為向你道歉。雖然我沒罵你是『有害動物』，卻用許多有害動物的定義罵了你，為此我非常抱歉。而且你費心保護我們的客人，我卻什麼也沒做，甚至沒聽你的話，我對這件事也很抱歉。我沒有歡迎你住進褐砂石屋，不過你和我同樣有權利住在褐砂石屋裡。」

獾吞了吞口水。接下來，他要喊出自己躺平在巨石上時所做的決定。「褐砂石屋是你的了，我會搬出去。」

臭鼬的頭猛晃一下，轉了回來。

臭鼬走近獾。「請你再說一遍，但是可不可以小聲一點？」

「褐砂石屋讓給你住，我要搬出去了。」

臭鼬邁開大步，一直走到獾的鼻子底下。「可是褐砂石屋是你的家啊！」

「現在它是你的了，」獾說著點了點頭，覺得

⋯⋯呃呃呃呃呃呃呃呃呃呃⋯⋯

呢呢呢呢呢呢呢呢呢呢呢呢呢呢呢……

心情輕鬆了起來，「哈哈！」

臭鼬搖了搖頭。「這不好笑，獾。你有太多石頭了，你不能把它們全部裝進一個手提箱裡。」

「簡單很好，」獾說：「我會減量！」

臭鼬舉起一隻爪子考慮著。最後，他猶豫的同意了。「簡單有它的優點。沒錯，一個紅色手提箱裝得下所有家當確實不錯，但更棒的是有個月亮房間和一個好廚房。相信我，無家可歸不是什麼好事。」

他瞇起眼睛仰望獾。「那你重要的岩石研究怎麼辦？」

獾脫口說出第一個浮上心頭的想法。「我將集中心力去做實地調查，我會住在帳篷裡旅行，我會發現新的岩石。」

「喔，」臭鼬露出一臉吃驚的樣子，「我懂了。」他似乎在思考，不過獾看不出他在想什麼。

獾等待著。

終於，臭鼬笑了。「哈！你穿的是睡衣嗎？沒錯，是睡衣，是你今天早上穿的那一套！」

獾低頭看了看自己。「我穿著這身睡衣跑遍了北推斯特。」

他們一起哈哈大笑，不過臭鼬後來嘆了一口氣。他抬頭注視著獾。「好吧，我會搬回褐砂石屋。我很喜歡雞，可是獾，臭鼬不應該住在雞舍裡，儘管如此……」他搖了搖頭，踢著一塊鬆動的石頭。

獾難以置信的睜大眼睛。「你應該高興才對，褐砂石屋是你的了。」

臭鼬瞟了獾一眼。「獾，不是每個人都跟你一樣！我不喜歡一個人住，現在我得尋覓一個室友才行。是的，褐砂石屋比雞舍好多了，可是孤單一個人？對一隻臭鼬來說，褐砂石屋太大了。」

「那我當你的室友！」玀不假思索的說。

說完，他才發覺自己說了什麼。「忘了我說的話吧！除非你希望我當你的室友。我想說的是⋯⋯」

這話不合乎情理，還是合情合理？玀補充說：「我這麼說是因為我很想念你。自從你離開以後，一切都不一樣了。」

臭鼬對玀皺起眉頭。「我是今天早上才離開的。」

「我知道，但我已經在想念你了。」玀咕噥著。

臭鼬的眼睛變得好圓。

接著臭鼬點了點頭。「好。」

「好什麼？」玀問。

「好，你可以當我的室友，但是有些事我們需要先討論一下。」

「哪些事？」玀驚慌的問。

臭鼬傾身向前，往左右兩邊看了看，然後低聲說：「雞群太喜歡那個石頭房間了，能不能把你的石頭房間搬出客廳？反正客廳本來就比較適合當客廳使用──有舒服的椅子、桌遊，還有許多書籍。」

　　獾嘆了口氣。「搬到閣樓怎麼樣？」

　　「太完美了。可是那個抖石機……」臭鼬說。

　　「是石頭研磨拋光機。我是岩石科學家，我喜歡我的石頭研磨拋光機！」

　　「好吧，那月亮房間呢？」

　　「和你離開的時候一模一樣，那是你的房間。」

　　「如果我做飯？」

　　「我就收拾善後，這是自然法則。」

　　「成交，室友！」臭鼬伸出一隻爪掌，他們握爪說定，笑得闔不攏嘴。

　　然後，臭鼬指著一個方向說：「你看。」

玀轉身去看，只見巨石上面有一團橙色小毛球，是那隻橙色小母雞！她仔細觀察著他們，左眼，右眼，左眼。

　　「波克？」

　　玀把頭湊近她的小腦袋瓜。「對不起。」

　　橙色小母雞啄了一下他的鼻子，接著又啄了一下。

　　「噢，」玀坐了起來，「我活該，是我活該。」

　　「她一直很苦惱，」臭鼬咯咯笑著說。然後他問：「玀，我可以彈你的烏克麗麗嗎？」

　　玀看著小母雞，把自己的烏克麗麗交給了臭鼬。

　　橙色小母雞跳上玀的膝蓋時，嗶──哎喲──哩──賓！烏克麗麗的琴音響了起來。

　　「波克？」她說。

　　「我是認真的，對不起。」玀撿起巨石上的幾

粒爆米花，放在爪掌中。

嗶──哎喲──哩──賓！

小母雞看著獾，右眼，左眼，右眼，眨眼，然後跳到他的爪掌上，選了一粒爆米花。於是，獾知道小母雞原諒他了。

獾抬起眼睛時，看到奎格利山公園裡到處都是雞，有奧平頓雞、裸頸雞，還有多米尼克雞。奧洛夫雞趾高氣昂的大步前進，澤西大黑雞的腳重重踩在草地上，小小的矮腳雞和腿長、步子大的高個子雞一起談天說笑，還有許多品種的雞是獾從來沒有見過的。

所有的雞都吃了爆米花，有些雞還拿出了他們的鞋盒。

獾看著臭鼬。「雞群怎麼突然就出現了？」

臭鼬微笑著說：「量子躍進？我跟你說過了，雞奇妙無比。」

「哈！是的，他們非常奇妙！」玀指著一隻忽而東拐、忽而西彎的雞，最後他在蹺蹺板後面消失了，「行蹤飄忽的來亨雞。」他說。

臭鼬笑了。「哈！我向來都是這麼說的。」

臭鼬坐在玀和橙色小母雞身邊，他們三個一起看著天色越來越深，變成紅色與紫色，最終全都溶成一片傍晚的藍色。

嗶——哎喲——哩——賓！

「這個比煙火更好看。」臭鼬說。

玀瞟了臭鼬一眼，點頭同意。「我很高興我們即將成為室友，臭鼬。」

「我也是總算放心了！」

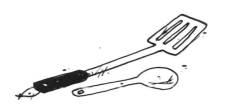

# 開始

　　事情發生在早餐時間，就在隔週的某個時刻：臭鼬在貛面前放了一盤煎蛋、馬鈴薯和歐洲白蘿蔔，接著臭鼬突然停止不動。

　　「火箭馬鈴薯！」他大喊。

　　臭鼬蹦跳到廚房角落，輕輕抓起馬鈴薯，並且把它擦一擦。

　　「貛，你瞧。」臭鼬伸出他合成杯狀的雙爪。

　　貛看見一顆皺巴巴、帶有淡綠色的馬鈴薯。

　　臭鼬指著兩個白色的角。「火箭馬鈴薯想活下

去。」他小聲的說。

「哇，可不是嗎？」獾說。

臭鼬點了點頭。「我們把它種到土裡，看看它會長成什麼樣。」

於是，他們就這麼做了。

# 致謝

　　在此需要提及一些人和資料來源：一九九七年，傑瑞・W・德雷古（Jerry W. Dragoo）和羅德尼・L・亨尼卡特（Rodney L. Honeycutt）把臭鼬踢出黃鼠狼家族後，將臭鼬提升到眾所周知的臭鼬家族級別。這件事說明了許多以家族為題材的戲劇（詳見「類鼬科食肉目系統學」一文，刊載於一九九七年《哺乳類學期刊》78[2]:426-443頁）。娜塔莉・安吉爾（Natalie Angier）讓雞的世界變得更安全，我要是沒聽過《準則：美麗科學基礎的旋轉之旅》（*The Canon: A Whirligig Tour of the Beautiful Basics of Science*）這本有聲書，雞隻就不會使用

「量子躍進」了！我一直聽到臭鼬的聲音在說這個。雖然我採用了若干地質學資料，卻是地質學家吉姆‧米勒（Jim Miller）讓我們二十個人穿上交通安全背心，站在繁忙的高速公路旁，瞇起眼睛盯著道路的切面。儘管如此，本書中所有的錯誤（和簡化）都出自於我。我也要感謝明尼蘇達州大沼澤城的北屋民俗學校，為充滿熱忱的初學者提供一個地質學課程。拉尼雅洛哈‧李（Lanialoha Lee）為我介紹烏克麗麗的奇妙，還教我唱了「咿嗚哩嗎叩（E Huli Mākou）」那首歌。我的經紀人史蒂芬‧馬爾克（Steven Malk）充滿耐心且毅然決然的為這個故事找到一個家。沒有他，你手中的這本書便不會存在。非常感激我任職於Algonquin Young Readers出版社的編輯伊莉絲‧浩爾（Elise Howard），謝謝她挑起編輯這本書的重責大任，也謝謝雍‧卡拉森（Jon Klassen）很早就答應為這本書提供他美麗的

插畫。感謝我的丈夫菲爾（Phil）第一個閱讀我的
作品。這本書對我倆來說都是一大樂趣，為此我謝
謝你，菲爾！

故事館

# 褐砂石屋的新房客

（臭鼬和獾的故事1）

| | |
|---|---|
| 作　　　者 | 艾米‧汀柏蕾（Amy Timberlake） |
| 繪　　　者 | 雍‧卡拉森（Jon Klassen） |
| 譯　　　者 | 趙永芬 |
| 封 面 設 計 | 達　姆 |
| 協 力 編 輯 | 葉依慈 |
| 責 任 編 輯 | 巫維珍 |

| | |
|---|---|
| 國 際 版 權 | 吳玲緯 |
| 行　　　銷 | 闕志勳　吳宇軒　陳欣岑 |
| 業　　　務 | 李再星　陳紫晴　陳美燕　葉晉源 |
| 編 輯 總 監 | 劉麗真 |
| 總 經 理 | 陳逸瑛 |
| 發 行 人 | 涂玉雲 |
| 出　　　版 | 小麥田出版 |

地址：10483台北市中山區民生東路二段141號5樓
電話：(02)2500-7696　傳真：(02)2500-1967

發　　　行　英屬蓋曼群島商家庭傳媒股份有限公司城邦分公司
地址：10483台北市中山區民生東路二段141號11樓
網址：http://www.cite.com.tw
客服專線：(02)2500-7718│2500-7719
24小時傳真專線：(02)2500-1990│2500-1991
服務時間：週一至週五09:30-12:00│13:30-17:00
劃撥帳號：19863813　戶名：書虫股份有限公司
讀者服務信箱：service@readingclub.com.tw

香港發行所　城邦（香港）出版集團有限公司
地址：香港灣仔駱克道193號東超商業中心1樓
電話：+852-2508-6231　傳真：+852-2578-9337

馬新發行所　城邦（馬新）出版集團【Cite(M) Sdn. Bhd】
地址：41, Jalan Radin Anum, Bandar Baru Sri Petaling,
57000 Kuala Lumpur, Malaysia.
電話：+6(03) 9056 3833　傳真：+6(03) 9057 6622
讀者服務信箱：services@cite.my

麥田部落格　http://ryefield.pixnet.net
印　　　刷　漾格科技股份有限公司
初　　　版　2023年1月
售　　　價　320元

SKUNK & BADGER (SKUNK & BADGER 1)
Text © 2020 by Amy Timberlake
Illustrations © 2020 by Jon Klassen
Complex Chinese translation copyright ©
2023 by Rye Field Publications, a division
of Cite Publishing Ltd.
Published by arrangement with Writers
House, LLC through Bardon-Chinese
Media Agency. All rights reserved.

國家圖書館出版品預行編目資料

褐砂石屋的新房客（臭鼬和獾的故事1）
／艾米‧汀柏蕾（Amy Timberlake）
著；雍‧卡拉森（Jon Klassen）繪；
趙永芬譯. -- 初版. -- 臺北市：小麥田出
版：英屬蓋曼群島商家庭傳媒股份有限
公司城邦分公司發行, 2023.01
　面；　公分. --（故事館）
譯自：Skunk and badger
ISBN 978-626-7000-90-8（平裝）

874.596　　　　　　111016421

城邦讀書花園
www.cite.com.tw
書店網址：www.cite.com.tw

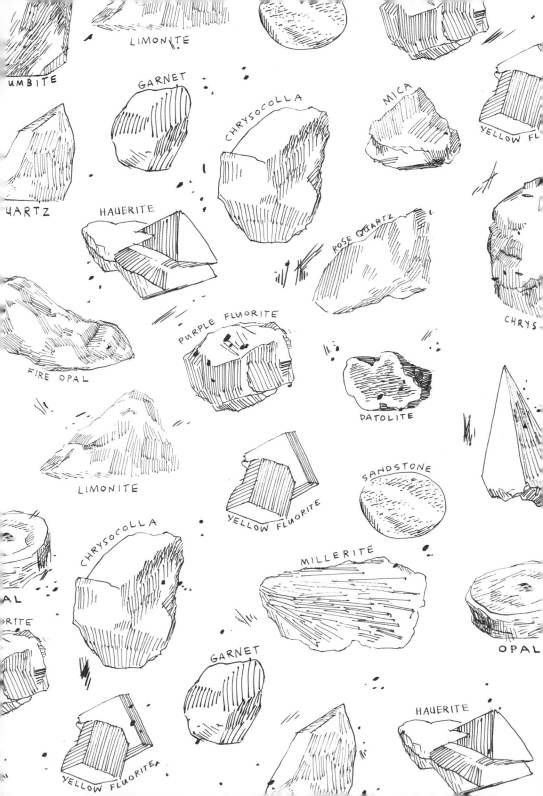